KB050415

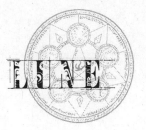

LINE 6 완결

초판 1쇄 인쇄일 2015년 7월 24일 | **초판 1쇄 발행일** 2015년 7월 28일

지은이 안민현 | **펴낸이** 곽중열 | **담당편집 팀장** 이범수
편집부 신연제 이윤아 김호성 김은경

펴낸곳 (주)조은세상 | 출판등록 제2002-23호
주소 경기도 고양시 일산동구 장항동 558번지 6호
TEL 편집부 02)587-2966 영업부 031)906-0890 | FAX 031)903-9513
e-mail bukdu@comics21c.co.kr

ⓒ안민현 2014
ISBN 979-11-5832-195-6 | ISBN 979-11-5512-368-3(set) | 값 8,000원

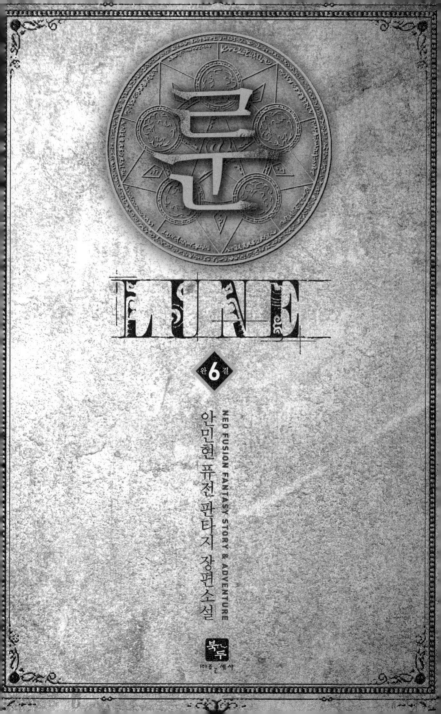

NEO FUSION FANTASY STORY & ADVANTURE

LINE

LUNE

제 1 장

월야

제 1 장
월야

　사내는 주변을 감싸고 있던 빛이 사람의 형상으로 바뀌자 속으로 놀라면서도 겉으로는 태연한 척 했다.

　"빛의 근원이 당신이었나?"

　"그렇다."

　"불 그 자체라면 당신이라면 지금은 인간의 모습을 잠시 빌린 것일 뿐이겠군."

　사내는 이프리트의 붉은 눈을 바라보았다.

　"드래곤?"

　"한낱 인간에게 대답을 해줄 의향은 없다."

　"기분이 언짢은 걸 보니 드래곤은 아니겠군. 드래곤을 언짢은 존재로 취급을 하는 걸 보니 정령왕 이프리트쯤은 되겠군."

"감이 좋군. 하지만 겁은 상실한 모양이야. 아니면 무지에서 비롯된 것인가?"

"나는 나에게 예를 갖추는 사람은 예로 대하고 칼로 대하는 사람은 칼로 대할 뿐. 상대가 누구인지는 신경 쓰지 않아."

"오늘은 칼을 겨누는 자에게도 예를 갖추는 날이 되겠군."

이프리트가 손을 앞으로 내밀었다. 그러자 팔이 떨어져 나가 활활 타오르며 사내에게 날아갔다. 불길은 그리 빠르지 않았다.

사내는 불길을 피하지 않고 손을 앞으로 내밀었다. 불길이 사내의 손에 흡수되듯 사라졌다.

"인계로 넘어오면 힘을 잃는 다더니 정말 그런가보군. 아니면 정령왕이란 존재 자체가 과대평가 된 거였나?"

사내의 도발에 이프리트는 자존심이 상했다. 하지만 겉으로는 그런 기색을 전혀 보이지 않았다.

"언제까지 자존심을 지킬 수 있을지 보지."

이번에 이프리트의 양팔이 타오르더니 사내에게 날아갔다. 사내는 역시 피하지 않고 손을 뻗을 뿐이었다. 펑-. 불길은 보이지 않는 벽에 막힌 듯 사라졌다.

사내의 얼굴이 조금 굳어져 있는 것으로 보아 이번에는

처음에 비해 타격이 제법 있는 듯 싶었다.

"인간치고는 놀랍도록 강하긴 하군. 자부심을 가질 만해. 하지만 그건 인간의 기준일 뿐. 고양이가 아무리 강하다 한들 사자를 이길 수는 없는 법. 하늘위에 하늘이 있음을 보여주지."

순간 이프리트의 온 몸이 불게 물들기 시작하더니 용암처럼 변해 사내를 덮쳤다.

사내는 불길이 깃든 힘을 느끼고는 마침내 검을 꺼냈다. 검은 1m 정도로 보통의 검에 비해 조금 짧았다.

검병에 꽃무냥이 박힌 것을 제외하고는 아무런 장식이 달려있지 않았다. 검날은 질 좋은 철로 만들어졌다는 인상을 줄 뿐 특별해 보이는 것은 없었다.

사내가 기합을 내지르자 검은 점점 푸르게 빛나기 시작했다. 오러블레이드가 검 위에 오러가 생겨난 형상이라면 사내의 검은 그 자체로 빛이 난다는 것이 이색적이었다.

"하압!"

사내가 불길을 향해 검을 내질렀다. 두 기운이 맞부딪쳤다.

검과 불길을 마치 힘겨루기를 하듯 좌우를 오갔다. 한치의 양보 없이 밀고 당기기를 계속했다.

사내의 입가는 어느새 미소가 사라지고 없었다. 손가락을 비롯해 얼굴의 심줄 하나하나까지 터질 듯 부풀어 올랐다.

시간이 지나자 검에서 나온 빛이 점점 사내의 몸으로 퍼져나갔다. 빛은 점점 거세져 이윽고 몸을 벗어나 장내 전체를 비추기 시작했다.

마침내 빛이 정점에 달하자 산화하듯 사라졌다. 이프리트의 불길 역시 자취를 감췄다.

뚝.

사내의 입에서 선혈이 흘러나와 바닥에 떨어졌다. 사내는 고개를 숙여 그것을 바라보았다.

사내의 얼굴이 묘하게 변했다. 몸이 반응을 할 만큼 힘을 과하게 써본 것이 얼마만인지 몰랐다. 전력질주를 하고 났을 때와 같이 상쾌한 느낌이 들었다.

그러한 기분이 드는 한편 선혈을 흘린 것에 다소 자존심이 상하기도 했다.

그 마음은 얼굴에 고스란히 드러났다.

이프리트는 다시 사람의 형상으로 돌아와 있었다. 사내의 자존심이 상한만큼 이프리트 역시 자존심이 크게 상했다.

"정령은 인간계에 현신하면서 대부분의 힘을 잃는다고 들었다."

사내가 말했다.

"그렇다."

"게다가 너는 본모습을 버리고 인간의 형상을 하고 있

으니 활용할 수 있는 힘 역시 제한적일 터."

이프리트가 고개를 끄덕였다.

그제야 이프리트는 사내가 왜 인상을 쓰고 있는지 이해할 수 있었다.

"비록 인계에 현신하여 대부분의 힘을 잃고, 인간의 형체를 하여 오롯한 내 힘은 아니나 하나 내 공격을 막은 것은 충분히 자부심을 가질만한 일이다!"

사내는 이프리트의 위로에도 전혀 위안이 되지 않는 모양이었다.

"원래의 모습으로 돌아가라."

"돌아가면?"

"나는 온힘을 다하는 데 너는 인간의 몸을 빌려 제한적인 힘만 쓰고 있으니 이긴다 하더라도 기분만 찝찝할 것이다."

"이 상태의 나조차 이기지 못하면서 내 본신의 힘과 겨루겠다? 설마 두려운 것이냐? 아니면 어차피 질 바에 내 전력과 맞붙어 그나마 위안을 찾으려 하는가?"

"기껏 제압했는데 딴소리를 할까 걱정돼 하는 말이다."

"그런 이야기는 지금의 내 상태를 이기고 나서 해도 늦지 않을 것 같군."

"끝까지 오만하군. 좋다. 너의 그 오만함을 씻어내주마."

사내는 눈을 감았다. 사내의 검이 다시 푸르게 빛나기 시작했다. 주위는 고요했다. 마치 이곳에 아무도 없는 듯 평온함 그 자체였다.

사내가 양손을 모았다. 푸르게 빛나던 검이 사내의 손을 떠나 공중에 떴다. 사내는 여전히 눈을 감고 있었다.

이프리트는 신기한 얼굴로 그 광경을 보고 있었다. 공중에 떠있던 검이 마침내 이프리트에게 날아왔다. 불길이 사내에게 날아갔을 때 만큼이나 느린 움직임이었다. 이프리트는 피하지 않았다.

마침내 검과 이프리트가 부딪쳤다. 검은 이프리트를 뚫고 그대로 날아갔다. 검이 지나간 자리가 구멍이 파진 듯 통째로 사라졌다.

이프리트를 뚫고 날아가던 검은 갑자기 종적을 감추더니 다시 사내의 앞에 나타났다.

"오러도 아닌 순수한 검에 이런 힘이 깃들어 있다니 놀랍군!"

이프리트가 말했다.

구멍이 났던 이프리트의 몸은 어느새 다시 원래대로 돌아갔다.

"인간의 형체를 빌리고 있을 뿐 실체가 없기에 물리적인 공격으로는 충격을 줄 수 없는 건가."

사내가 중얼거리듯 말했다.

"어떻게 한 거지?"

이프리트가 말했다.

"그렇다면 압도적인 힘으로 소멸시키는 수 밖에 없겠 군."

사내가 말했다.

둘은 듣지는 않은 채 서로 할 말만 했다. 사내와 이프리 트는 상대방이 자신의 말을 전혀 듣고 있지 않음을 깨닫고 는 크게 웃었다.

"나는 너에게 호기심이 생겼다. 그래서 죽이고 싶지 않 다. 하지만 계속 싸우겠다면 죽일 수밖에 없다."

이프리트가 말했다.

"싸우고 죽는 것은 문제가 되지 않아. 중요한 건 싸우는 것이 호기심을 충족시켜줄 수 있는 가장 좋은 방법이며, 그럼에도 무슨 수를 쓰든 검의 신묘한 이치를 깨달을 수 없다는 거지."

그 말에 이프리트는 크게 자존심이 상했다.

"나 정령왕 이프리트가 한낱 인간의 검을 깨닫지 못할 까?"

"처음에도 당신은 내 실력을 오판했지. 이번에도 다를 게 없을 거야."

"과연 그럴까?"

사내가 한 치의 망설임도 없이 고개를 끄덕였다.

"좋다. 만약 내가 검의 이치를 깨닫는다면 어떻게 할테냐?"

"인간의 한계와 정령왕의 위대함을 인정하도록 하지."

"그뿐인가?"

"인간의 한계와 정령왕의 위대함을 인정하여 주군으로 모셔드리지."

이프리트가 만족한 듯 고개를 끄덕였다.

"만약 반대의 경우라면 나를 형님으로 모셔라."

사내가 말했다.

"물론이다."

"검이 곧 나이며 내가 곧 검이다. 인간은 우주와 같으며 검 또한 이와 다르지 않다. 처음 또한 검이며 마지막은 존재하지 않는다. 이 세 구절에 내 검의 모든 것이 들어있다."

이프리트는 한글자도 빼놓지 않고 구절을 머리에 새겼다. 하지만 단순히 암기를 한다고 해서 그 안에 깃든 뜻을 헤아린 것은 아니었다.

"너의 검은 여태까지 인간이 보여준 것을 뛰어넘는 것이었다. 그런 검의 이치를 단 세 구절로 일축한다는 것은 어불성설이다. 내가 검의 이치를 깨닫는 것이 두려워 비겁한 수를 쓴 것이냐?"

사내가 조소를 지었다.

"검 한 번 잡아보지 못한 주제에 검의 극의를 논하려 한 어리석음을 나의 비겁함으로 매도하려 하는가? 세 구절안 에 모든 것이 있으나 깨닫지 못하는 것은 너의 무능함의 소치다."

"같잖은 말로 나를 현혹시키려 하다니. 내가 원하는 것 은 직접보고 겪는 것이다. 검을 들어라. 그 안에 깃든 이치 를 내 모조리 파헤쳐주마."

사내가 검을 앞으로 내밀었다. 인간의 형상을 하고 있던 이프리트의 몸은 어느새 사라지고, 장내를 붉게 물든 빛 그 자체로 돌아갔다.

"생각이 바뀌었다. 내 검에 깃든 이치를 깨닫지 못하는 것은 자명한 일. 만약 내 검이 너를 베지 못한다면 주군으 로 모실 것이다. 만약 벤다면 너는 나를 형님으로 모셔야 한다."

"실체하지 않는 나를 벤다는 게 가당키나 한 일일까?"

"동의한 것으로 알겠다!"

사내가 허공을 향해 천천히 검을 베었다. 모든 것을 소 멸시켜버리는 검의 극의였다. 실체하지 않는다 하여 존재 하지 않는 건 아니었기에 사내의 검을 피해갈수는 없다.

사내의 검이 지나간 자리가 마치 살갗을 베듯 푸른빛이 아로 새겨졌다. 그 작은 균열을 시작으로 붉은 빛은 점점 사라지져 푸른빛이 대신하기 시작했다.

이윽고 장내에는 더 이상 붉은 빛은 보이지 않았다. 이프리트는 존재하지 않았다.

"……."

사내는 당황하여 주위를 둘러보았다. 실체하지 않는 이프리트를 벤 것은 분명했다. 그렇다고 존재자체를 소멸시킨 것은 자신의 검이 아니었다.

그렇다면 이프리트는 왜 갑자기 소멸한 것일까?

소환자인 룬이 완전히 의식을 잃고 쓰러져 버렸기에 정령계로 강제 귀환 되어 버린 것이었다.

사내는 이 당황스러운 상황도, 장내에 처음 나타났을 때그랬던 것처럼 금세 대수롭지 않게 받아들였다.

사내가 무어라 중얼거리며 검을 다시 검집에 꽂아 넣었다. 이처럼 허무하게 끝날 싸움에 어린애들처럼 갖은 말을했던 것이 조금 부끄러웠다.

이프리트가 사라지자 사내는 그제야 주위를 둘러볼 여유가 생겼다.

거대한 크리스탈, 그리고 그것과 연결된 네 개의 원기둥. 원기둥에는 네 명의 사람이 쓰러져 있었고 크리스탈앞에는 바르테오가 쓰러져 있었다.

사내가 그들에게 다가가려 하는 데 바르테오가 정신을차리고 시작했다.

이프리트가 강제적으로 힘을 주입하는 바람에 훨씬 이

른 시간에 메지아의 작동이 멈춰버렸다.

그 여파로 인해 힘을 받아들이고 있던 세명의 제자와 이자벨리아는 의식을 잃었다.

바르테오 역시 충격을 받기는 했지만 힘을 받아 들이고 있는 것은 아니었기에 먼저 정신을 추스른 것이다.

바르테오는 정신을 추스르자마자 본능적으로 네 명의 제자를 살폈다. 의식을 잃고 있기는 하지만 다행히 마나의 흐름은 안정적이었다.

"후 다행이군!"

하지만 안심하기도 잠시. 웬 낯선 여인을 발견하고는 간담이 서늘해졌다.

"트라울라!?"

원래대로라면 이 자리에 쓰러져 있는 사람은 이 여인이 아니라 트라울라여야했다. 그런데 트라울라 대신 웬 낯선 여인이 쓰러져 있으니 당황하지 않을 도리가 없었다.

대관절 무슨 일이 있었기에 난생 처음 보는 낯선 여인이 트라울라 대신 있는 것일까?

하지만 바르테오는 그 의문에 깊게 생각할 여유가 없었다.

부스럭 거리는 인기척소리에 앞을 보니 이자벨리아의 존재만큼이나 당황스러운 낯선 사내가 눈에 들어왔다.

"당신은 누구요? 대체 이곳에 어떻게 들어온 거지?"

바르테오는 사내에게 적대감을 드러냈다.

"커다란 바위에 누워 봄을 만끽 하던 와중에 갑자기 거센 바람이 불어 몸을 맞겼더니 이곳이더군."

사내는 알 수 없는 힘에 의해 이곳에 소환된 것을 별 대수롭지 않은 듯 말했다.

"아무래도 이게 날 불렀나보군."

사내는 품에서 검은구슬같은 것을 꺼냈다.

"사해란 거지. 날 보냈듯 다시 불러들인 모양이야."

"……."

사내가 한 말은 모두 사실이었다. 하지만 바르테오는 지금 사내가 엉뚱한 소리를 하고 있다고 생각했다. 누군들 사내의 말을 듣는다면 그럴 것이었다.

사내는 바르테오의 불신어린 태도에도 별로 불쾌해 하지 않았다.

"알 수 없는 말을 하는군. 다시 묻겠다. 너는 누구며 왜 이곳에 있는 거지? 트라울라는 어디 갔으며 저 여자는 누구냐?"

"왜 있는지는 방금 말했고, 저 여자가 누구인지는 나도 모르지. 그리고 내가 누구인지에 대해서 말할 의무는 없을 거 같군."

사내는 그러면서 메지아를 바라보았다.

"령 감옥이라… 사대속성의 힘을 봉인해 두었다가 각성

을 시키기 위해 사용한다는 말은 들어 봤지. 이처럼 실제 하는지는 몰랐군."

메지아를 알아보자 바르테오가 흠칫 놀랐다.

"제국에서 보냈나?"

사내가 피식 웃었다.

바르테오의 적대감이 극에 달했다.

스릉―

바르테오가 검을 꺼내 사내에게 겨누었다. 오랫동안 메지아에 속박되어 있기에 근육들이 성치 않은 상태라 검을 드는 것만으로도 몸이 뻐근했다.

"나라면 검을 꺼내기 보단 저들을 먼저 살필 텐데 말이야. 아직 제어되지 않은 힘을 갈무리 해 주어야 하지 않나?"

그 말에는 바르테오도 물론 동감했다. 하지만 눈앞에 적인지 누구인지 모를 사람을 앞에 두고 행할 수 있는 일은 아니었다.

"너를 해치우고 해도 늦지 않겠지."

"아무래도 그건 불가능할 것 같군."

사내가 피식 웃으며 메지아에 쓰러져 있는 네 명을 훑었다.

테르난도 헬리오스 유렌.

빠르게 세명을 훑던 사내는 돌연 이자벨리아에게서 눈을 때지 못했다.

물론 그녀의 미모는 뭇 남성들의 시선을 단박에 사로잡을 만큼 아름다운 것이기는 했다. 하지만 사내는 관심은 미모보다는 다른 것에 있는 듯 했다.

사내의 신형이 바르테오를 지나쳐 순식간에 이자벨리아에게 갔다.

그 움직임이 어찌나 빠른지 바르테오로써도 간신히 자취만 쫓을 수 있을 뿐이었다. 사내의 움직임에 따라 바르테오의 시선이 자연스레 이자벨리아에게로 향했다.

사내는 이자벨리아의 몸 이곳저곳을 살폈다. 어찌보면 아름다움에 취해 추행을 하는 것으로 비춰질 수도 있었다. 하지만 그러기에는 사내의 손길이 굉장히 담백했다. 무엇보다 사내의 얼굴은 의문과 호기심으로 가득 차 다른 의도가 있다고 보여지지는 않았다.

사내의 의문어린 표정을 보며 바르테오는 고개를 갸웃했다. 깨어나 보니 트라울라대신 웬 여자가 쓰러져 있고, 눈앞에는 낯선 사내가 있었다.

그런데 낯선 사내는 그녀를 호기심 어린 얼굴로 살피고 있었다.

"잭스?"

사내는 이자벨리아를 앉은 채 바르테오를 바라보았다. 바르테오는 지금 사내가 자신에게 묻고 있는 건지 잠시 생각해야 했다.

"어떻게 된 건지? 어찌하여 이 여자가 내 마나연공을 익히고 있는거지?"

남의 은밀한 장소에 몰래 들어와 오히려 어떻게 된거냐 묻고 있으니 바르테오로써는 기가 찰 노릇이었다.

"오히려 내가 묻고 싶군. 대관절 트라울라는 어디가고 저 여인이 여기 있는 거지?"

"말했듯이 나는 그저 바람에 이끌려 왔을 뿐이야. 당신이 모르는 걸 내가 알리 없지. 나는 단지 이 여인이 어째서 내 마나연공을 알고 있는지 궁금할 뿐이야."

"저 여자와 아무런 관련이 없다는 말인가?"

"몇 번을 말해야 하지?"

이쯤 되자 바르테오도 머리가 복잡해졌다. 트라울라를 대신하고 있는 낯선 여인, 그리고 눈앞에 있는 낯선 사내. 아무리 머리를 굴려도 어떻게 된 것인지 짐작조차 되지 않았다.

'메지아가 작동했다는 건 불의 힘이 채워졌다는 뜻⋯ 그럼에도 트라울라는 보이지 않는다⋯ 트라울라에게 변이 생겨 저 여자가 대신한 것인가? 그렇다면 저 사내는 누구이며 왜 여기에 있는 걸까? 애드워드와 룬은 대체 어디에 간 거지?

머리는 혼란스러웠다.

"룬을 아는가?"

"룬?"

"그래. 르니에르왕국 베르난도백작가의 자제 말이야."

"처음 들어보는 이름이군. 그 자가 이 여인과 무슨 관련이 있나?"

"아무래도 그녀를 데려온 사람이 룬인거 같아서 말이야."

사내는 고개를 저었다.

"룬은 모르겠고 잭스를 아는가?"

"잭스라면 이름 정도는 들어 봤지. 흑마법사로 꽤나 명성을 날렸으니 말이야. 하지만 실제로 본적은 한 번도 없어."

사내는 방금 바르테오만큼이나 혼란스러운 얼굴이 되었다.

"아무래도 우리가 백날 이야기를 한 들 전혀 진전이 없을 것 같군."

사내가 동감하는 듯 고개를 끄덕였다.

"그렇다면 서로의 입장이라도 확실하게 해두는 편이 좋겠어. 말했듯 나는 바람에 이끌려 왔을 뿐 이런 곳이 있었는지조차 몰랐고, 당신이 령감옥으로 뭘 하려는 지는 관심 없어. 단지 나는 이 여인이 왜 내 마나연공을 익히고 있는지 궁금할 뿐이야. 그러니 저 여인만 순순히 내준다면 조용히 물러가도록 하지."

"원래 저 자리에는 내 제자가 있었어야 했어. 하지만 깨어나 보니 저 여자가 그 자리를 대신하고 있고, 누군지 알 수 없는 당신이 보란 듯 서 있는 상황이야. 내 입장에서도 함부로 내줄 수는 없을 것 같군."

"그렇다면 어쩔 수 없지. 힘으로 뺏는 수밖에."

사내가 검을 꺼냈다. 푸른빛이 감도는 검날에 주위가 밝아지는 듯 했다.

그런데 그때였다. 조금 멀리 떨어진 곳에서부터 대거의 인기척소리가 들려오기 시작하더니 이내 코앞까지 당도했다. 이윽고 문이 열리며 제국군이 모습을 드러냈다.

"날 속였군. 역시 제국의 종자였어."

바르테오의 얼굴이 심각하게 읽으러졌다.

"참, 갈수록 알 수 없는 상황의 연속이군."

사내가 중얼거렸다.

사내는 바르테오에게 겨누었던 검을 제국군 쪽으로 돌렸다.

"저들은 내가 처리하도록 하지."

"허튼짓 할 생각 마라."

"아니면 달리 방도가 있나?"

"……."

둘이 대화를 하는 사이 제국군이 코앞까지 당도했다. 바르테오는 제국군의 규모를 보며 낮게 신음을 내쉬었다.

제국군의 숫자는 많지 않았지만 면면을 살펴보면 신음을 내쉬기에 충분했다.

병력을 이끌고 있는 모리엔은 비록 나이는 어리지만 일찍이 소드마스터에 오른 인물이었다. 게다가 주변에 있는 자들은 최고수준의 기사들이었다. 설상가상으로 마법사와 레인저까지 틈틈이 섞여 있었다.

바르테오 혼자라면 어떻게든 해보겠으나 세 명의 제자가 쓰러져 있는 상태였다. 운신의 폭이 극히 제한적일 수밖에 없는 처지라 상황은 암담하기 그지없었다.

"이렇게 하도록 하지. 내게 저들과 싸우는 동안 도망을 가든 제자들을 살피든 알아서 해. 단, 저 여인은 두고 말이야."

바르테오가 낯선 사내와 제국군을 번갈아 보았다. 사내의 속내가 무엇인지는 알 수 없었다. 어쩌면 감언이설로 속이고 있는 것인지도 몰랐다.

하지만 사내의 말대로 지금은 달리 방도가 없었다.

바르테오는 이내 고개를 끄덕였다.

물론 사내가 저들을 혈혈단신으로 상대할 수 있으리라고는 생각지 않았다. 다만 조금의 시간만 끌 수 있다면 마나를 제어해 테르난도를 깨울 수 있을 터였다.

'일단 한 명만이라도 깨어나면 돼. 그럼 시간은 벌 수 있어.'

바르테오는 오랫동안 준비해온 숙원이 뜬구름 잡는 소리나 해대는 낯선 남자의 손에 달려 있는 이 상황이 마음에 들지 않았다.

하지만 지금으로써는 사내를 믿는 것 말고는 다른 수가 없었다.

"좋다."

사내가 씨익 웃으며 앞으로 제국군을 향해 걸어갔다.

모리엔은 사내를 넘어 메지아와 주위에 있는 자들을 둘러보았다.

메지아는 언뜻 보기에도 비밀병기의 면모를 풍겼다. 게다가 바르테오는 첸젠만큼은 아니지만 꽤나 뛰어난 실력자로 보였다.

천천히 다가오고 있는 사내에게서는 그다지 위협적인 면모가 풍기지 않았다.

"운이 좋군요. 하필 비밀병기들에게 문제가 생겼을 때 찾아오다니."

사내는 모리엔의 말을 무시하고는 제국군을 향해 손짓을 하며 하나씩 세기 시작했다.

"소드마스터가 한명, 마나유저가 열 명, 삼써클과 사써클 마법사가 다 섯명. 그리고 레인저 다 섯명. 총 스물한명이군."

사내는 손을 앞으로 내밀어 손가락을 쫙 폈다.

"……?"

"너희를 모두 처리하는 데 필요한 시간이야. 달리 말해 그 시간 전이라면 도망갈 수도 있다는 뜻이지."

"아무래도 저 비밀병기란 것이 아직 완성전인가 봅니다. 네 명은 쓰러져 있고 한명은 정신이 오락가락한 상태군요."

모리엔이 말하자 제국군이 크게 웃었다.

"저자를 잡아오는 사람에게 오튼에서 챙길 수 있는 전리품에 대한 우선권을 드리겠습니다."

전리품 중 가장 으뜸은 여자였다. 오튼지역의 여자들은 특히 아름답기로 유명했다.

"제가 처리하겠습니다."

기사 한 명이 나섰다. 센디아라는 자로 이름이 여자 같아 놀림을 받았지만 그 덕에 이를 갈고 수련을 해 지금은 기사단내에서도 상당한 실력자로 자리매김했다.

모리엔이 아니었다면 첸젠의 뒤를 이을 자로 센디아가 될 것이라고 사람들은 말하곤 했다. 그런 이유때문인지 센디아는 모리엔을 낙하산이라 생각하여 곱게 보지 않았다.

하지만 모리엔의 실력은 누구도 부정할 수 없는 것이기에 이제는 인정하고 그를 받아들이고 있는 상태였다.

"한 번에 덤비는 게 나을 텐데?"

사내가 말했다.

"미친놈 한명을 잡는 데 나 하나도 과한 일이지."

사내는 바르테오쪽을 힐끗 바라 보았다.

"뭐, 시간이 지체되어 나쁠 것은 없겠지."

사내는 검을 집어넣었다.

센디아의 얼굴에 의문이 서렸다.

"그쪽에서도 핸디캡을 주었으니 나도 사정을 봐주어야
지."

센디아의 얼굴이 일그러졌다.

"죽고 싶어 안달이 났군."

"검을 들었으면 살려줄 생각이었나?"

사내가 조소를 지었다.

센디아는 사내 뒤에서 분주하게 움직이고 있는 바르테
오를 보았다.

"수작을 부려 시간을 끌려는 속셈이군. 좋아. 검을 들지
않은 상대를 공격하는 건 기사의 도리가 아니지만 전장에
서 도리를 따질 필요는 없겠지."

"그렇게 도리를 따져 아녀자를 겁탈할 생각을 하나?"

사내의 도발에도 센디아는 대꾸하지 않고 그대로 몸을
날렸다.

사내는 날아오는 검을 검지와 중지 사이에 끼운 다음 살
짝 비틀었다. 그러자 검 날이 말라붙은 나뭇가지처럼 부러
지며 바닥에 떨어졌다.

사내는 떨어진 검날을 발로 쿵 쳤다. 검날이 위로 솟구쳐 센디아 쪽으로 갔다.

센디아는 검날을 피하기 위해 뒤로 움직이려 했다. 그런데 사내의 손에 검이 잡혀 있어 꼼짝을 할 수가 없었다.

검을 버리고 움직이는 것은 기사로써의 수치요, 그렇다고 가만히 있자니 화를 면할 길이 없었다. 센디아는 목숨보다는 수치를 잃는 쪽을 선택했다.

"좋은 선택이야. 쓸대없는 자존심 보다는 목숨이 훨씬 값진 것이지."

센디아는 단 한 합이지만 사내는 자신의 상대가 아님을 깨달았다.

센디아는 돌연 사내를 향해 작게 목례를 했다.

"고수를 몰라봤소. 이름이 어떻게 되시오?"

"상황 파악이 빠르군. 이름이라… 자신을 죽일 사람이 누구인지 쯤은 아는 것도 나쁘지 않겠지. 월야… 그게 내 이름이다."

"월야…"

센디아는 앵무새처럼 그의 이름을 되뇌었다.

"자존심을 버린 대가로 검의 극의를 보여주지."

사내는 검을 꺼냈다. 사내의 검이 푸르게 빛나기 시작했다.

센디아는 마음의 준비를 하고 있었다.

그런데 그때 뒤에서 상황을 지켜보던 제국군이 전진을 하기 시작했다.

월야는 전진하는 제국군을 바라보았다.

"저들은 다른 의미로 자존심을 버리려 하는군."

월야는 다시 센디아를 보며 단박에 검을 휘둘렀다.

센디아는 월야의 행동에 아무런 반응도 할 수 없었다.

검이 지나간 바람소리만이 월야가 검을 휘둘렀다는 사실을 일깨워줄 뿐 볼 수도 느낄 수도 없었다.

센디아는 시선을 내려 자신의 배를 바라보았다. 자로 그은 듯 정교한 검상이 일자로 나 있었다.

고개를 다시 들어 월야를 바라보니 이미 제국군을 향해 몸을 날리고 있었다.

바르테오는 테르난도가 가지고 있는 땅의 힘을 제어하면서 한편으로는 상황을 지켜보고 있었다. 그러다 월야가 제국군을 향해 몸을 날리는 것을 보고 속으로 신음을 흘렸다.

'저들과 정면으로 부딪친다면 얼마 버티지 못할 것이다. 빨리 테르난도를 깨워야해!'

바르테오의 손이 더욱 분주하게 움직이기 시작했다.

월야가 제국군 쪽으로 몸을 날리자 화살이 동시에 다섯 개가 날아왔다. 월야는 오러막을 생성하여 화살을 막아냈다. 화살들이 추풍낙엽처럼 바닥으로 떨어졌다.

뒤이어 마법들이 날아왔다. 불, 물, 바람, 전기, 땅. 다섯 가지속성의 마법들이 한 데 뒤섞였다.

월야가 검을 한 번 휘두르자 매서운 기세를 뽐내던 마법들은 한순간 사라졌다.

월야는 모리엔의 코앞까지 당도했다.

"애송이가 주제도 모르고 날뛰는군."

모리엔은 소드마스터에 오른 이후 애송이라는 말을 처음 들어봤다. 그래서인지 현재 상황이 묘하게 비현실적으로 느껴졌다.

"지금이라도 돌아간다면 목숨만은 살려주지."

월야가 말했다.

모리엔은 대답대신 제국군을 향해 손짓을 했다. 그러자 남아 있는 기사들이 순식간에 월야를 둘러쌌다.

마법사들과 레인저는 휴대용발판 장치에 올라가 아군을 피해 언제든 월야를 공격할 준비를 했다.

"이곳은 전장이야. 서로를 죽고 죽이는 곳이지. 살려준다고? 네가 살고 싶은 거겠지!"

모리엔이 말했다. 모리엔은 월야의 실력이 예상했던 것보다 훨씬 강하다는 것을 인정했다. 그래서 예상보다 큰 피해를 감수해야할지도 모른다고 생각했다. 하지만 패배한다는 생각은 조금도 하지 않았다.

"바르타인의 얼굴을 봐서 선처를 해주려 했거늘…."

월야는 모리엔을 향해 검을 휘둘렀다. 검에는 특이하게 푸른빛이 났지만 오러는 없었다.

모리엔은 월야의 검에 오러가 없는 것을 보며 회심의 미소를 지었다. 그리고 순식간에 오러블레이드를 만들어 월야의 검을 막아냈다.

오러블레이드가 맨검을 두동강 내는 것은 자명한 일처럼 보였다.

그런데 월야의 푸른검에 부딪친 오러블레이드는 허무하리 만큼 쉽게 소멸돼 버렸다. 모리엔의 검은 두동강이 나 저 멀리 날아갔다.

푸욱.

애꿎은 제국의 기사 한명이 그 검을 맞고 피를 흘리며 쓰러졌다.

월야는 곧바로 모리엔을 향해 내리 그었다. 모리엔이 반사적으로 한 발 물러나 검을 피했다. 월야의 검이 바닥에 박혔다.

"……."

모리엔은 간담이 서늘했다. 만약 저 검이 바닥이 아닌 자신을 찔렀다면 어떻게 됐을까….

순간 모리엔의 정수리를 시작해 가장 끝부분까지 가늘게 금이가더니 피가 새어나오기 시작했다.

모리엔은 이 모든 게 비현실적으로 느껴졌다. 마침내 상황을 받아들일 수 있을 때 몸은 이미 뒤로 기울어지고 있었다.

쾅-. 모리엔의 신형이 바닥에 쓰러지며 먼지가 일었다. 제국의 유망한 소드마스터 한명은 그렇게 허무하게 사라졌다.

월야의 검에 직접 당한 모리엔만큼이나 제국군들 역시 이 상황을 받아들이는 게 쉽지 않았다.

그러거나 말거나 월야는 본인이 처음 내뱉은 말대로 신출귀몰한 신위로 제국군을 유린하기 시작했다.

그의 검이 지나갈 때마다 한 명씩 비명을 지르며 쓰러져 나갔고, 오 분이 지났을 때 센디아를 제외하고 더 이상 두 발로 대지를 밟고 서 있는 자는 없었다.

월야는 센디아에게 다가갔다. 센디아는 몸이 얼어붙은 듯 한치의 움직임도 없었다.

"바르타인에게가 전해, 나 월야가 돌아왔다고."

센디아는 아무런 대꾸도 하지 못했다. 월야는 그의 등을 두 어번 두드린 다음 바르테오에게로 걸어갔다.

바르테오는 여전히 테르난도를 깨우기 위해 힘을 쓰고 있는 중이었다. 그러다 월야가 다가오는 것을 보고 테르난도에게서 손을 때고 자리에서 일어났다.

바르테오의 머릿속은 혼란 그 자체였다.

"도망을 칠 줄 알았더니 저들을 돌보고 있었군. 깨어나기만 하면 싸워볼만 하다 이건가? 실력이 제법인 모양이야. 하긴 도망갈 곳이라고는 없어 선택의 여지도 없었겠군."

"너는 대체 누구지?"

"통성명이나 하고 있기에는 저 여자에게 궁금한 것이 너무 많아서 말이야."

월야는 바르테오를 지나쳐 이자벨리아에게 다가가 그녀를 어깨에 올렸다.

"약속대로 이 여자는 내가 데려가지."

"잠깐."

월야가 고개만 살짝 돌려 바르테오를 바라보았다.

"당신은 대체 누구지?"

월야가 피식 웃을 뿐 대답하지 않았다. 월야는 사라졌다. 바르테오는 감히 그를 제지할 생각을 하지 못했다.

"소드 블레이드!?"

바르테오는 오래전 전설처럼 내려오는 이야기를 들었다. 검의 극의라 알려진 오러블레이드.

허나 그 위에는 한 단계의 경지가 더 존재했다.

검자체가 오러가 되는 경지. 소드블레이드.

얘기만 들었을 뿐 직접 본적은 없었다.

하지만 바르테오는 만약 소드블레이드의 경지가 전설에만 존재하는 것이 아니라 실제 하는 것이라면 바로 저런 모습일 거라 생각했다.

NEO FUSION FANTASY STORY & ADVANTURE

RUNE

제 2 장

뜻밖의 결전

제 2 장
뜻밖의 결전

으윽.

낮은 신음을 흘리며 룬은 눈을 떴다. 트린베니아의 푸른 하늘이 보였고 물비린내가 코끝을 진동했다. 주위를 둘러보니 인적이 없는 냇가였다.

룬은 일어나 목을 축였다. 갈증이 가시자 메지아에서의 일이 떠올랐다.

"신디아님!"

룬은 당장 발걸음을 옮겼다. 머릿속이 혼란스러웠다. 이자벨리아는 어떻게 되었을까? 정령왕은? 이곳은 대체 어디이며 얼마나 시간이 흐른 것일까?

그런 생각을 하던 룬은 움직이던 발을 멈춰야 했다. 안토까지 가는 길을 몰랐던 것이다. 마침 건장한 트린베니아 사내 세 명이 지나갔다.

룬은 그들에게 다가가 안토지역까지 가는 길을 물었다. 대륙공용어를 사용하기에 의사소통에는 문제가 없었다.

그들은 자기들끼리 소곤거리더니 돌연 들고 있던 농기구를 룬을 향해 휘둘렀다.

트린베니아의 사내는 전사였다. 비록 농기구를 들고 밭을 갈고 있다 하더라도 그들에게는 전사의 피가 흐르고 있었다.

무기도 아니고 농기구를 휘두르는 것이지만 그 위력이 만만치 않았다.

하지만 마나를 다룰 수 있는 룬에게는 위협이 되지 못했다.

룬은 윈드핑거를 각각 그들의 급소에 날렸다. 크기는 콩알만 했지만 급소에 맞자 그들은 동시에 고꾸라지거나 주저앉아야 했다.

룬은 그들 중 한명의 목에 검을 겨누었다.

"트린베니아의 전사는 타협하지 않는다!"

룬은 접근을 달리해야 한다고 생각했다. 룬은 검을 다시 검집에 꽂았다.

"저는 제국군이 아닙니다. 르니에르왕국의 사람입니다.

트린베니아와 르니에르왕국은 예부터 긴밀한 관계가 아니었습니까? 이번에 더러운 제국의 종자가 형제의 나라를 쳐들어온다고 하기에 도움을 주러 왔다 길을 잃은 겁니다."

"그게 정말인가?"

"예. 야만용사 트라울라가 제 친구입니다. 보십시오. 이게 바로 그 증표입니다."

룬은 품에서 아무것이나 꺼냈다. 그들로써는 그것이 트라울라의 증표인지 무엇인지 알 길이 없었다.

"야만용사의 친구라면 응당 우리의 친구이기도 하다."

그들은 태도를 바꾸어 친절하게 룬에게 안토까지 가는 길을 설명해 주었다. 그리고는 입고 있던 옷을 벗어 룬에게 주었다. 트린베니아에서 옷을 벗어 주는 것은 친근감의 표현이었다.

룬은 트린베니아 사람들의 눈에 띄어 번거로운 일이 생길 것을 걱정해 옷을 받아 입었다.

"주변에 제국의 종자들이 있을지 모르니 조심을 하는 게 좋을 거다!"

그들은 룬에게 인사를 하더니 가던 길을 갔다. 트린베니아에서는 남자가 속옷만 입고 다니는 것이 큰 흉 거리가 아니었다. 룬에게 옷을 벗어준 사내는 오히려 더 당당하게 길을 걸었다.

룬은 그들이 일러준 데로 안토로 지역으로 향했다. 생각 외로 룬이 있는 곳은 안토에서 먼 곳이었다. 단순히 물리적인 충격만으로 이렇게 먼 곳까지 날아왔다고는 생각할 수 없을 정도였다.

거리도 거리지만 안토까지 가는 길은 생각보다 쉽지 않았다. 이미 제국에 점령을 당해 곳곳에 제국군이 주둔해 있었던 것이다.

그러다 보니 오히려 트린베니아의 옷이 더욱 눈에 띠었다.

'이미 제국군에게 점령을 당했는데 방금 그들은 어떻게 자유롭게 활보를 하고 다닌 거지…?'

룬은 그들과의 만남을 상기했다.

'피부표면이 조금 어색하다 했는데 인피면구를 쓴 것이로구나. 그렇다면 그들은 트린베니아사람으로 위장한 제국군이 틀림 없어.'

그들은 사실 트린베니아인의 행세를 하여 혹시라도 남아 있는 트린베니아인을 색출하는 임무를 지닌 자들이었다. 그러다 룬을 만나 휘기에 청하자 임기응변을 발휘한 것이다.

'옷을 벗어준 이유도 가다가 눈에 띄어 변을 당하라는 뜻이었군. 어쩐지 조금 이상하다 했어.'

분명 옷에 그들끼리만 아는 표식 같은 게 있을 터였다.

룬에게는 아마 그 표식을 제거하여 주었을 것이다.

룬은 분한 마음에 길을 돌렸다. 얼마간 가다보니 그 세 명이 보였다.

"크크. 정말 멍청한 놈이야. 우리 본영이 있는 곳을 가르쳐 준지도 모르고 지금쯤 아무 생각 없이 가고 있겠지?"

"그놈이 조금만 눈썰미가 있었어도 정말 큰일날 뻔했어."

"그건 그래. 몸을 움직이는 것을 보니 보통 놈은 아니야. 그런데 르니에르왕국사람이 어째서 이곳까지 와 있는 거지?"

"글쎄…."

룬은 이야기를 나누고 있는 그들에게 몰래 다가갔다.

역시 예상대로 그들은 제국의 병사들이었다.

룬은 개구리를 노리는 뱀처럼 순식간에 다가가 두명에게 혈을 찔러 넣었다.

그들의 몸이 석상처럼 굳어졌다.

"그나저나 이번…."

남은 제국군 한명이 말을 하다 갑자기 두 동료가 시야에서 사라지는 것을 보고 기겁을 했다.

순간 룬이 앞으로 나타나 그의 복부를 가격했다.

"커헉."

배를 부여잡으며 쓰러졌다.

"감히 나를 속여."

룬은 기분이 풀릴 때까지 그들을 흠씬 두들겨 팼다.

꼭 기분을 풀기 위함만은 아니었다. 적당히 겁을 주어 허튼소리를 못하게 만들 생각도 있었다.

"가장 인원이 적은 막사는 어디에 있습니까??"

룬이 쓰러져 있는 세 명을 내려다보며 말했다.

"그건 왜….."

"질문을 하는 걸 보니 아직 혼이 덜나신 모양이군요."

룬은 말을 한 제국군을 향해 주먹을 내지르는 시늉을 했다.

그는 이미 뭉개질데로 뭉개진 얼굴을 감싸 쥐었다.

"저쪽으로 조금만 가면 있습니다."

"앞장서세요."

룬은 세 명을 일으켜 세운 다음 그들의 품에서 밧줄을 꺼내 묶었다.

그들은 룬이 등 뒤에서 두어 번 툭툭 치자 앞으로 걸어 나갔다.

얼마간 걷자 그들의 말대로 작은 임시막사에 나타났다. 그런데 언뜻 보더라도 룬이 지시한 것과는 달리 상당한 규모의 막사였다.

"웬 놈이냐!"

막사를 지키고 있던 보초 한명이 다가와 큰소리로 말했다.

"크크. 멍청한 놈. 내가 순순히 네놈 뜻에 따를 거라고 생각했냐?"

밧줄에 묶여 있던 제국군 하나가 거들먹거렸다.

"지금이라도 이걸 풀어준다면 내 말을 잘해서 목숨만은 살려주도록 해…"

그는 채 말을 이을 수 없었다.

룬은 단칼에 그자의 목을 베었다. 목이 떨어지며 아직 살아 있는 두 명의 제국군 앞으로 굴러갔다.

룬은 나머지 두 사람의 얼굴을 바라보았다. 공포에 질려 벌벌 떨고 있었다.

룬은 한 사람의 목을 더 베었다.

나머지 한 사람은 집행을 기다리는 죄수처럼 부들부들 떨며 눈을 질끈 감았다.

룬은 그자를 죽이지 않고 옆으로 밀쳤다. 밧줄로 묶여 있던 그는 이미 죽어 몸만 남아 있는 동료들과 함께 바닥에 내동댕이쳐졌다.

부웅-. 룬의 행동을 본 보초병이 나팔을 불었다. 순간 막사안에 있던 군사들이 우르르 밖으로 몰려 나왔다.

숫자는 대략 이십여명 남짓이었다. 그중에 기사도 세 명이나 되었다.

밖으로 나온 제국군은 룬을 에워쌌다.

룬은 그들을 한 번 훑어 보더니 가장 강해보이는 기사를 향해 몸을 날렸다. 손에는 어느새 파이어소드가 이글이글 불타고 있었다.

기사는 룬의 움직임에 간신히 반응하여 오러로 맞대응했다.

오러를 순식간에 만들어내는 것만 봐도 꽤나 실력 있는 기사임에 틀림없었다.

하지만 그건 일반적인 경우에나 통용되는 이야기였다.

룬의 파이어소드는 그의 오러를 단숨에 박살내더니, 몸통마저 두동강 내버렸다.

그는 단 한수에 자신이 죽게 됐다는 사실을 믿을 수 없다는 듯 눈을 부릅뜬 채 쓰러졌다.

기사가 쓰러짐과 동시에 룬은 파이어소드를 하늘로 날렸다. 파이어소드는 5m정도나 날아오르더니 돌연 유리잔처럼 깨져 산산이 흩어졌다.

"으아악!"

순식간에 십여명에 달하는 제국군이 파이어소드의 파편에 맞아 쓰러졌다.

제국의 기사 한명이 룬을 향해 오러를 내질렀다. 룬은 그자가 당도하기도 전에 마나파동을 일으켰다. 기사가 주춤하는 사이 파이어볼과 매직미사일을 중첩 캐스팅해 그 자를 향해 날렸다.

파이어볼과 매직미사일은 중첩캐스팅을 몇 번 한 덕에 곱절에 곱절의 힘을 가지게 되었다. 하여 1서클 마법이지만 위력은 5써클에 뒤지지 않았다.

하지만 5써클에 비해 캐스팅시간은 비교가 할 수 없을 정도로 빨랐다.

룬의 마법에 맞은 기사는 형체도 없이 사라졌다.

순식간에 전력의 반을 날려버린 룬은 때로는 검으로, 때로는 마법으로 제국군을 유린했다.

간혹 달려드는 자들은 마나술을 이용해 제지하거나 피했고, 평범한 공격은 아예 오러실드를 이용해 피하지도 않고 막았다.

이윽고 이십 여명에 달하던 제국군 중에 살아 있는 자는 오직 한 명 뿐이었다.

그는 자신이 살아 있는 이유가 본인의 실력이나 운이 아닌 룬의 선택임을 알고 있었다.

이런 학살의 상황에서 굳이 한 명을 살려둔 이유는 뻔했다.

그는 평소 교육을 받은 대로 품에서 작은 단도를 꺼내 갑옷의 작은 틈이 나 있는 곳을 향해 꽂아 넣었다. 아니, 그러려고 했다.

하지만 몸이 말을 듣지 않았다. 잘 교육을 받은 기사가 아닌 일반병사에게 자결의 임무를 수행하길 바라는 건 너무 큰 기대였다.

자결을 선택한 것도 사실은 원대한 뜻이 있다기보다는 고문에 시달리는 것보다 나을지도 모른다는 생각 때문이었다.

그래도 룬은 혹시라도 몰라 윈드핑거를 날려 그의 단도를 쳐냈다.

단도는 허무하게 바닥으로 떨어졌다.

룬은 순식간에 그에게 다가가 혈을 짚어 마나의 길을 막았다. 그리고 손으로 입을 벌려 혹시 안에 독이 있나 살폈다. 독은 존재하지 않았다.

생각해 보니 그건 무의미한 짓이었다. 암살자나 큰 비밀을 간직한 도둑길드도 아니고 평범한 병사가 입안에 독을 가지고 다닐 이유는 없었다.

더욱이 단검하나 제대로 제 몸에 찌르지 못할 자라면 독이 있다 한들 사용할리 없었다.

"제가 당신을 살려둔 이유를 알고 있겠죠?"

"……"

"묻는 말에만 대답을 하면 목숨은 살려드리겠습니다."

"정말입니까?"

"당신 혼자서는 제게 위협이 될 수 없다는 걸 아는 데, 정신 나간 살인귀가 아닌 바에야 굳이 죽여서 무엇 하겠습니까. 당신 눈에는 제가 살인귀로 보입니까?"

그는 고개를 내저으려 했다. 하지만 몸이 말을 듣지 않았다.

그것이 그를 더욱 두렵게 만들었다.

"아, 아닙니다."

룬이 만족한 듯 씨익 웃었다.

병사의 두려움이 조금은 가셨다.

"안토로 가려면 어떻게 해야 합니까?"

병사는 생각을 하기 위해 잠시 시간을 두었다. 룬은 그를 닦달하거나 위협하지 않고 느긋하게 기다려줬다.

얼마안가 그는 입을 열었다.

"남쪽으로 쭉 내려가면 나옵니다."

"별동대의 대장은 누구이며 무슨 역할을 하고 있었던 겁니까?"

"무라만입니다. 덴츠기사단의 기사죠. 남아 있는 트린베니아의 잔당을 제거하기 위해 만든 별동대입니다."

"트린베니아의상을 입고 있던데 진짜 트린베니아인과 제국군을 어떻게 구분하는 겁니까?"

"가슴부근에 표식이 있습니다."

룬은 죽어 있는 제국군의 시신 중 아무나 하나 골라 옷을 살폈다. 과연 그의 말대로 가슴부근에 특이한 표식이 박혀 있었다.

그런데 룬이 입고 있는 옷을 살펴보니 그 표식만 살짝 제거 되어 있었다.

"그렇군요."

"더 물어 보실 것은 없습니까?"

"이제 필요 없습니다."

룬은 씨익 웃었다. 병사가 안도의 한숨을 쉬었다. 그때 룬의 검이 그의 복부를 관통했다. 쓰러져 가는 그의 얼굴에 '왜?' 라는 의문이 가득했다.

룬은 그가 쓰러지는 것을 확인하고는 밧줄로 묶여 있던 나머지 한명에게 다가갔다.

룬은 그에게도 방금 병사에게 했던 말을 똑같이 물어봤다. 겁에 질려 더 이상 거짓말을 할 엄두를 내지 못한 탓인지 두 사람의 말은 일치했다.

확인을 한 룬은 나머지 병사의 목도 가차 없이 베었다.

룬은 검에 묻어 있는 피를 닦은 다음 검집에 넣었다.

"후우."

룬은 심호흡을 했다. 가슴이 묘하게 두근거려 진정이 되지 않았다.

룬은 손을 얼굴가까이까지 갖다 댔다. 이 손에 얼마나 많은 피가 묻었던가.

룬은 쓰러져 있는 제국군을 보았다. 이런 전쟁이 아니었다면 각자 가족을 거닐고 웃고 떠들며 잘 지냈을 자들이었다.

"감을 잃었군. 전장에서 적을 베는 건 당연한 일인데…"

룬은 감상을 접고 표식을 가슴에 붙인 다음 안토로 움직였다.

룬이 안토지역에 도착했을 때 메지아가 있던 곳을 비롯해 그 지역은 이미 제국군의 손에 점령을 당한 상태였다.

룬은 큰일을 보기 위해 전열을 이탈한 병사 한명을 잡아다 갑옷을 벗겨 입었다. 투구가 없어 얼굴이 그대로 노출되었다.

룬은 마법을 활용해 얼굴을 바꾸었다. 큰 방해마법에 의해 깨지지만 않는 다면 족히 한 시간은 지속 될 터였다.

룬은 메지아가 있는 곳으로 향했다. 그 사이 많은 생각들이 오갔다.

저 안에 이자벨리아가 있을까? 있다면 지금 어떤 상태일까? 과연 이 수많은 제국군들을 뚫고 이자벨리아를 구해올 수 있을까?

그러는 사이 어느새 룬은 메지아가 있는 곳에 당도했다.

❖

월야가 사라진지 얼마 되지 않아 밀실에 애드워드가 찾아왔다.

"어떻게 된 건가?"

바르테오가 다급한 음성으로 물었다.

"나도 모르겠네. 눈을 떠보니 엔조지방이었네."

"룬은 함께 하지 않았나?"

"아무래도 다른 곳으로 간 모양이야."

애드워드가 쓰러져 있는 제자들을 본다.

"상태는 어때?"

"혼절을 하기는 했지만 일시적인 충격일 뿐이야. 마나의 흐름도 정상이고 깨어나서 갈무리만 하면 문제없을 거야."

"다행이군. 그나저나 그 여인은 어디로 갔나?"

"아는 사이인가?"

애드워드가 고개를 끄덕이며 바르테오가 메지아에 묶여 있을 동안 있었던 일을 짤막하게 설명했다.

"그렇게 된 거였구만… 트라울라가… 결국은….."

바르테오는 말을 이을 수 없었다.

그때 주변에 심상치 않은 기운이 감돌았다.

삐빅-

경보장치가 울려댔다.

수정구를 통해 밖의 상황을 보니 제국군이 몰려오고 있는 것이 보였다.

"일단 나가야겠군."

바르테오와 애드워다가 제자들을 등에 업었다.

애드워드가 슬쩍 메지아를 본다.

"저대로 놔둬도 괜찮은가?"

"꺼림직 하지만 상관은 없어. 한 번 발동한 이상 다시는 작동하지 않을 테니까."

둘은 제국군이 몰려오기 전에 밀실을 빠져나갔다.

❖

모리엔이 이끄는 별동대가 전멸했다는 소식을 들은 첸젠은 본군은 계속 진군을 하게하고 소수의 인원을 꾸려 안토지역으로 향했다.

참사가 일어났던 곳에 도착하자 대거의 시체들이 보였다. 그중에 모리엔의 시신도 포함돼 있었다.

모리엔의 시신을 보자 첸젠은 신음이 절로 나왔다. 누군가를 잃는 고통은 아무리 겪어도 익숙해지지 않았다.

첸젠은 눈을 감겨주었다. 그리고 한참 동안 모리엔을 내려다 보았다.

"너를 이렇게 만든 놈을 찾아 똑같이, 아니 수십배는 더 고통스럽게 만들어 줄 테니 편히 가거라."

감상은 그것으로 끝이었다. 아무리 모리엔과 함께한 세월이 깊다 하더라도 애도를 해주는 것 외에 할 수 있는 일은 없었다.

장내 좀 더 깊숙한 곳으로 가자 특이하게 생긴 물체가 있었다. 커다란 크리스탈에 내게의 원기둥이 연결되어 있는 물건이었다.

"이게 뭐지?"

첸젠이 물었다.

"저도 처음 보는 물건이라 무엇인지는 잘 모르겠습니다. 하지만 추측해 보건데 에너지를 응축해 두었다가 주입을 하는 물건인거 같습니다."

하이넨스가 대답했다. 그는 5써클에 도달한 마법사로 마법부대 부총관의 자리로 전장에 합류했다. 그러다 모리엔의 사고를 전해 듣고 첸젠과 함께 이곳에 오게 되었다.

"연구해볼만한 가치가 있나?"

"예. 부대를 전멸시킬만한 고수가 갑자기 나타난 것을 보면 저 물건과 연관이 있는 거 같습니다."

"모리엔이 소수의 전력에게 당했다는 말인가?"

"예. 어쩌면 단 한명에게 당한 걸 수도 있을 거 같습니다."

"한명에게?"

첸젠은 주변에 쓰러져 있는 시체를 면밀히 살폈다. 과연 하이넨스의 말대로 당한 수법이 모두 동일했다.

"이곳의 전력이 정확히 어떻게 되지?"

"기사 다섯. 삼사써클 마법사 다섯. 레인저 다섯. 일반병 열입니다."

"모리엔녀석의 행실이 평소 가볍고 경박하지만 실력만은 누구에게 뒤지지 않는다. 그런 모리엔과 저들모두를 한번에 물리쳤다는 건 평범한 소드마스터 나부랭이는 아니라는 얘기겠구나."

"예. 추측해 보건데 소드마스터 익스퍼터는 족히 넘는 듯 합니다."

첸젠이 메지아를 본다.

"이게 네 개가 있다는 것은 그만한 고수가 셋은 더 있을지도 모른다는 뜻이겠구나."

"아마도 그럴 것 같습니다."

"뭐, 그런 거야 우리가 걱정할 것은 아니다만… 잠시 막사에 다녀와야겠다."

첸젠이 밀실이 나갔다.

룬은 메지아가 있는 곳에 들어섰다. 인근부근은 전체에 텔레포트마법을 방해하는 마법결계 기운이 느껴졌다. 그리고 안에는 마나블럭이 설치되어 있었다.

마나블럭에 의해 마법이 흐트러져 룬의 얼굴이 홀로그램이 뭉개지듯 변했다.

룬은 마나를 더 집중시켜 환영마법에 힘을 실었다. 다행히 마나블럭의 방해전파는 그렇게 강한 게 아니라 다시 원상태로 돌아갔다.

룬은 다시 발걸음을 옮겼다.

장내는 그야말로 아비규환이었다.

실제로 아무 소리도 나지 않았지만 곡소리가 끊임없이 들리는 듯 했다.

그 모습을 보며 룬은 착잡한 마음을 감출 수 없었다.

그런데 가만 보니 쓰러져 있는 것은 일방적으로 제국군들뿐이었다.

'다행히 바르테오님과 그 제자들은 무사한 모양이군.'

그렇다는 건 이자벨리아의 생사 역시 무사할 가능성이 높았다. 하지만 확실한건 아니어서 여전히 마음 한켠이 무거웠다.

장내에는 꽤 많은 사람들이 있었다. 하지만 그들은 사인에 대해서만 관심을 쏟고 있기에 룬에게는 별다른 관심을 두지 않았다.

룬은 더 이상 얻을게 없다고 판단하여 주변을 살핀 뒤 자연스럽게 왔던 길을 되돌아갔다.

보지 않으려 해도 바닥에 쓰러져 있는 시체들이 눈에 들어왔다.

룬은 시체를 보며 어딘지 낯이 익은 느낌이 들었다.

그건 그들과 살아생전 알고 지낸 사이이기 때문이 아니었다.

그보다는 죽은 행태가 낯이 있었다.

'검에 베인 단면이 너무나 깨끗하다. 오러나 다른 수에 당했다면 이렇게 깨끗할 수가 없어… 이건 순수한 검 자체에 당한 것이다. 하지만 맨 검으로 갑옷을 뚫고 살을 벤다는 것은 말이 되지 않아.'

룬은 시체에 가까이 다가가 더욱 면밀히 살폈다.

'이건 바르테오님과 그 제자에게 당한 게 아니야. 그들도 물론 강하지만 검만으로 이 모두를 벨수는 없어. 게다가 이들은 모두 같은 사람에게 당했어. 대체 누구일까? 누구이기에 이와같은 고수들은 단칼에 베어 넘긴 걸까?'

생각을 할수록 떠오르는 사람은 한명 있었다.

'사부?! 아니야 그건 말이 안 돼. 사부는 더 이상 이 세상 사람이 아니야….'

생각을 할수록 머리가 혼란스러웠다.

그런데 그때 룬을 부르는 자가 있었다. 그는 첸젠의 기사였다.

"잠깐!"

룬은 그 부름을 모른 척 하려 했지만 손수 다가와 어깨를 잡으니 더 이상 모른 척 할 수가 없었다.

"예?"

"이곳에서 뭐하는 거지? 일반병사는 들어오지 말라는 명령을 듣지 못한 건가?"

"아. 죄송합니다. 제 친구가 이곳에서 잠들었다고 생각하니 저도 모르게 그만…."

룬의 얼굴은 금세 슬픔에 빠져 눈물을 쏟아 낼 것처럼 변했다.

룬의 연기가 통한 것인지 기사는 괜히 코끝을 손으로 훔쳤다.

"이곳은 전장이다. 그리고 네 동료는 제국을 위해 명예롭게 싸우다 죽은거다! 마음은 알겠으나 군령을 어기는 건 용납할 수 없다. 이 번 한번은 봐주겠으나 앞으로 한 번만 더 이런 일이 있으면 군법에 따라 참형에 처할 거다."

"예에…."

룬의 목소리는 가늘게 떨렸다.

"네 친구가 저자인가?"

기사가 룬이 마지막까지 살피던 시체를 가리키며 말했다.

"예."

"내 특별히 살펴주도록 하지. 이만 가봐."

"예."

룬이 고개를 조아리며 발걸음을 옮겼다.

기사는 명령을 어긴 것은 괘씸하지만 동료를 생각하는

마음이 기특한 모양이었다.

그런 룬을 기이하게 바라보는 시선 하나가 있었다. 마법 사대표로 온 하이넨슨이었다.

그는 룬을 보며 기이한 생각이 들었다.

'어찌하여 저놈에게 일루전마법의 흔적이 보이는 거지? 이상하군. 한 번 확인해 봐야겠어.'

하이넨슨이 룬에게 걸음을 옮겼다. 그러다 멈추었다. 생각해 보니 이곳에는 이중으로 결계가 쳐져 있었다. 별 볼 일 없어 보이는 일반병사 따위가 그 결계를 뚫고 환영마법을 지속할리 없었다.

그 순간 문이 열리며 누군가가 들어왔다.

그의 등장만으로 룬은 숨이 턱 막히는 기분이 들었다.

그는 처참한 상황에서도 여유 있는 동작으로 천천히 주변을 살폈다.

그러다 룬과 눈이 마주쳤는데 뱀이 핥고 지나간 듯 소름이 끼쳤다.

'첸젠…'

룬은 이전에도 그를 한 번 본적이 있었다. 그때 그는 반쯤 미친 상태였다. 그런 상태에서도 7써클인 룬을 압도하는 실력이었다.

제 정신을 차린 그는 그때보다 형언할 수 없는 힘이 느껴졌다.

'아니, 그때도 그는 강했어. 단지 그걸 알아 볼 수 없을 만큼 내가 약했던 거지.'

룬은 최대한 못본 척 그를 지나치려 했다.

"잠깐!"

하지만 첸젠은 룬은 그냥 두지 않았다.

설마 정체를 눈치 챈 것일까? 아무리 지휘관이라도 개개인 얼굴 하나하나를 기억할 수는 없을 텐데… 그런 생각을 하는 데 첸젠이 친히 룬에게 다가왔다.

"이름이 뭐지?"

"데카이입니다."

룬이 고개를 숙인 채 대답했다.

"이곳에 들어오지 말라는 명령을 듣지 못했나?"

"……"

"데샤스!"

첸젠이 부르자 방금 전 룬에게 훈계를 하던 기사가 절도 있는 동작으로 다가왔다.

"데카이가 이곳에 있는 걸 보지 못했나?"

"아닙니다."

"전장에서 지휘관의 명령은…."

첸젠이 선창했다.

"곧 법이다."

데샤스가 후창했다.

"이를 어길 시에는…."

"참형으로 다스린다."

"잘 알고 있군. 그런데 어째서 군령을 어기고 이곳에 들어온 병사가 멀쩡히 이곳을 나가고 있는 거지?"

"죄송합니다. 전우의 마지막을 보고 싶다는 말에 저도 모르게 마음이 동해서…."

첸젠은 검집을 데샤스의 턱에 댄 다음 들어올렸다.

"나와 함께 웃고 떠들고 검을 겨루던 모리엔은 지금 저곳에 방치되어 살이 썩어가고 있다. 하지만 제대로 된 묘지하나 마련해 주지 못하고 있다. 싸움의 진위를 파악하기 위해서 말이지. 잘 들어라. 이곳은 전장이다. 전장에서 감정이 개입되는 순간 그 싸움은 진 것과 다름없다. 검을 들어라."

데샤스가 검을 들었다.

"내가 보는 앞에서 군령을 이행해라."

데샤스가 룬을 본다. 그의 눈에 수많은 감정들이 담겨있다.

룬은 눈을 감았다.

마침내 데샤스가 룬의 목을 향해 검을 휘둘렀다.

순간 룬의 몸이 찢어지듯 사라졌다.

검을 휘두른 데샤스는 물론 지켜보고 있던 첸젠의 얼굴에 이채가 서렸다.

움직임이 전혀 보이지 않았다.

둘 중 하나였다.

자신의 눈으로도 쫓을 수 없을 만큼 빠르던가. 아니면 말 그대로 사라진 것이던가.

"마법사였던가?"

첸젠이 중얼거렸다.

그는 곧 아무도 없는 문을 향해 검을 던졌다.

곧게 날아가던 검이 무언가에 막힌 듯 공중에 멈췄다.

순간 사라졌던 룬이 시야에 나타났다.

뚝뚝.

검이 배를 살짝 스치고 지나가 피가 바닥에 흘렀다.

첸젠이 손을 휘두르자 검이 다시 회수되었다.

낚싯줄만큼 가느다란 실이 검과 그의 손에 연결 되어 있었다.

"문을 닫아라."

첸젠의 말이 떨어지기가 무섭게 주변에 있던 기사들이 문을 닫았다.

첸젠의 얼굴은 분노로 읽으려져 있었다.

이곳에 침입을 한 것, 그럼에도 정체를 파악하지 못한 것이 그를 분노하게 했다.

첸젠은 습관처럼 검을 X자로 휘두른 다음 룬을 향해 겨누었다.

"직접 나타나 주다니 수고를 덜어 주는구나."

룬은 첸젠과 굳게 닫힌 문을 번갈아 보며 침음을 삼켰다.

첸젠은 사부를 제외하고 여태껏 룬이 만나왔던 그 누구보다 강한 자였다.

상단전이라 불리는 곳이 열리며 새로운 경지에 들어섰다 하지만 쉽게 승리를 점칠 수 없는 상대였다. 아니, 오히려 밀린다고 보는 게 맞았다.

첸젠 하나로도 그럴진대 주변에는 기사들과 마법사들까지 포진되어 있었다.

"놈… 나를 속였구나."

데사쓰의 얼굴은 수치심과 분노로 읽으러졌다.

그는 룬에게 달려와 오러를 휘둘렀다.

룬은 오히려 그에게 다가가 손으로 가슴을 쳤다. 그런 다음 발을 걸어 넘어트렸다. 그리고 혈을 눌러 움직이지 못하게 만들었다.

그때 첸젠의 검이 날아왔다.

애초에 죽일 마음은 없었기에 룬은 더 손을 쓰지 않고 한 발 물러나 검을 피했다.

그런데 공교롭게 첸젠의 검이 데샤스의 목으로 향했다.

'이런.'

룬은 몸을 회수하면서 윈드핑거를 날렸다. 첸젠의 검을
맞춰 경로를 바꾸려는 심산이었다.

하지만 윈드핑거는 첸젠의 검에 맞지 않았다.

스스로의 힘으로 경로를 이탈해 다시 원래의 곳으로 돌
아간 것이다.

그 먼 거리에서도 살아 있는 듯 정교한 것이 실로 신출
귀몰한 솜씨였다.

검을 회수한 첸젠은 데샤스의 목숨을 살리려한 룬을 보
며 한 번 의아해했고, 약간의 타박상만 입었음에도 일어나
지 못하고 있는 데샤스를 보며 또 한 번 의아해했다.

"무슨 수를 쓴 거지?"

첸젠은 지금이 어떤 상황인지도 잊고 오로지 룬의 수법
만 궁금한 얼굴이었다.

첸젠은 룬의 대답을 기다리지도 않고 직접 몸을 움직였
다.

"직접 겪어 보면 알겠지."

첸젠의 움직임은 눈으로 쫓기도 힘들 만큼 빨랐다. 아무
것도 없는 허공에서 갑자기 검이 나타나는 듯한 착각이 들
정도였다.

룬은 첸젠의 움직임을 제대로 파악하지 못한 채 본능적
으로 검을 피했다.

동시에 마나를 끌어올려 오러실드를 만들었고 왼손에는

윈드핑거를, 오른손에는 마나파동을 일으킬 준비를 했다. 급박한 순간이 되니 반사적으로 이전의 습관이 나왔다.

다음에는 왼쪽 뺨에서 검이 다가오는 것이 느껴졌다. 룬은 고개를 살짝 튼 다음 윈드핑거를 날렸다.

첸젠은 가소롭다는 듯 윈드핑거를 쳐냈다.

허무하리만큼 쉽게 막혔지만 개의치 않았다. 애초에 윈드핑거의 의미 자체가 견제를 위한 것이었다.

간단한 손짓하나만으로 첸젠의 손을 움직이게 만들고 잠시라도 움직임을 봉쇄했으니 그것으로 충분했다.

룬은 지체하지 않고 마나파동을 날렸다. 동시에 매지미사일을 중첩캐스팅했다.

마나파동까지 손쉽게 쳐낸 첸젠이 순식간에 다가왔다.

그만큼 빠르게 룬의 신형도 사라졌다.

미리 확보해둔 좌표로 블링크를 시전 한 것이다.

룬의 몸이 시야에서 사라지자 첸젠은 조금 당혹스러워했다.

룬의 모습은 첸젠의 뒤에서 3m정도 떨어진 곳에서 나타났다.

동시에 중첩캐스팅한 매직미사일을 날렸다.

'가소로운….'

첸젠이 비록 검사이기는 하지만 수많은 경험을 통해 대강의 공격마법을 알아볼 정도는 되었다.

매직미사일이 어떤 마법인지 알았고 안중에 둘 필요성을 느끼지 못했다.

첸젠은 매직미사일을 가볍게 쳐냈다.

그런데 손에 전해지는 느낌이 제법 묵직했다.

손이 아려왔다.

검을 놓칠 정도나 빈틈이 생길만큼 큰 충격은 아니었다.

하지만 예상을 벗어났다는 점이 심각하게 만들었다.

그러고 보니 이상한 점이 한둘이 아니었다.

고위마법을 부리는 건 아니지만 마법사가 분명 한데 움직임은 영락없는 검사였다.

게다가 콩알만한 것이 날아오거나 눈에 잘 보이지도 않는 것들도 사용했다.

그것들은 마법과 비슷하지만 엄밀히 말해 마법은 아니었다.

그렇다고 검사들이 사용하는 술수는 더더욱 아니었다.

굳이 따지자면 마나의 순수한 변형이었다.

첸젠이 잠시 머뭇거리는 사이 룬이 고서클 마법을 시전했다.

"파이어버스트."

룬의 손에서 불길이 폭죽처럼 터져나갔다.

첸젠은 검으로 원을 그었다.

불길들이 어망에 걸린 고기 때처럼 원안으로 들어가

소멸했다.

마스터중에서도 극소수만 사용할 수 있다는 오러막이었다.

첸젠은 손에 묻은 물을 튀기듯 검짓을 했다.

오러들이 불길처럼 떨어져 나와 룬을 향해 날아갔다.

일반적인 마나유저들이 사용하는 오러탄과는 질적으로 달랐다. 하나같이 오러블레이드에 상응하는 기운이 담겨 있었다.

룬은 오러실드를 일으킴과 동시에 배리어와 실드를 중첩캐스팅했다.

오러탄이 실드를 가볍게 찢었다. 배리어에 조금 주춤하더니 오러실드에 막혀 소멸했다.

첸젠은 오러탄을 피하는 사람은 봤어도 맞서는 자는 본 적이 없기에 적잖이 놀랐다.

룬은 다음 마법을 준비했다. 그런데 어디선가 마나의 흐름을 방해하는 것이 느껴졌다.

그 근원을 찾아가 보니 주변에 있던 마법사들이 합심하여 디스펠을 시전하고 있었다.

디스펠은 마법을 무효화 시키는 수법으로 자신보다 낮은 수준의 상대방에게나 통했다.

하지만 룬은 온정신을 첸젠에게 쏟고 있는 데다 여러명이 합심을 한 탓에 준비한 마법이 흐트러지고 만 것이다.

룬은 정신을 다시 집중하여 파이어소드를 일으켰다.

디스펠이 다시 작동하여 흐름을 끊으려 했다.

하지만 작심하고 시전한 고서클 마법을 막을 수는 없었다.

룬은 스펠스캔을 활용하여 디스펠이 누구의 손에서 최종적으로 시전 되었는지 파악했다.

그는 이곳에서 가장 고써클 유저인 하이넨스였다.

룬은 그에게 쇄도해 파이어소드를 휘둘렀다.

갑작스럽게 자신에게 달려드는 룬을 보며 마법사들은 혼비백산하였다.

하지만 워낙 빠른 움직임이라 반응조차 제대로 하지 못했다.

룬의 파이어소드가 하이넨스의 배를 가르려는 순간. 어느새 첸젠의 검이 날아왔다.

첸젠의 검은 파이어소드를 강타한 다음 포물선을 그리며 날아갔다.

파이어소드는 소멸되지 않았지만 경로를 이탈해 엉뚱한 곳에 가 박혔다.

'손을 떠났는데도 오러블레이드의 위력이 전혀 줄어들지 않다니….'

룬이 그런 생각을 하는 사이 첸젠도 역시 비슷한 생각을 하고 있었다.

'내 오러블레이드에 정면으로 맞고서도 소멸되지 않다니…'

첸젠은 순식간에 하이넨스의 곁으로 다가왔다.

"내가 처리할 테니 나서지 말거라."

"하오나…"

첸젠이 인상을 썼다.

히이넨스가 어쩔 수 없다는 듯 뒤로 물러났다.

하지만 정작 속내는 그 역시 두 사람의 싸움을 지켜보고 싶었다.

좀 더 정확히는 마법사로 추정되는 룬의 신위에 호기심이 동한 것이다.

마법사가 가지고 있는 호기심이란 본능과 같아서, 밥을 먹지 않으면 배가 고프듯, 상황을 가리지 않고 발동되었다.

첸젠이 말을 하는 사이 룬은 뒤로 멀찌감치 물러났다.

그리고 다소 시간을 투자해 컨퓨즈 에리어를 시전했다.

컨퓨즈 에리어는 본디 한 지역의 마나를 꼬아 마법을 사용하지 못하도록 하는 마법이었다.

물론 첸젠의 엄명이 있었기에 더 이상 방해하지 않을 테지만 그 사실을 룬은 알 수 없었다.

룬은 주위를 둘러보았다. 분명 최악의 상황은 맞지만 그나마 다행히 주변의 마법사나 기사들이 나서지 않고 있었다.

'저들이 움직이면 아예 승산이 없어진다. 어떻게든 자만하고 있을 때 한방을 노려야 돼.'

룬이 현재 사용할 수 있는 최고 수준의 마법은 파이어소드, 블리자드, 파이어스톰, 어스퀘이크 정도였다.

그중에 파이어소드는 오러블레이드에 막힐 테니 논외로 해야 했다.

그렇다면 블리자드나 파이어스톰, 어스퀘이크밖에 없는데 이 마법들은 단일을 대상으로 한 게 아니기에 오히려 한명을 상대하는 데는 파이어소드보다 위력이 떨어졌다.

'그렇게 되면 주변에 있는 자들은 단번에 처리할 수 있겠으나 저자에게는 큰 피해를 입히지는 못할거야. 그럼 아무 소용이 없어.'

인사이트계열의 마법도 생각해 보았다. 정신적인 공격을 하여 대상을 혼란스럽게 만드는 마법들인데 첸젠같은 고수에게 통할지는 의문이었다.

물론 조금의 혼란은 줄 수 있겠지만 들인 공에 비해 소모되는 마나만 더 클 것이었다.

룬이 생각을 하고 있는 사이 첸젠이 손을 뻗어 바닥에 떨어진 검을 회수했다.

룬이 아무런 행동이 없자 이상하게 여긴 첸젠이 검을 날렸다.

생각에 잠겨 있던 룬이 화들짝 놀라며 파이어소드로 첸 젠의 검을 쳐냈다.

첸젠의 검이 바닥에 박혔다.

첸젠이 손을 뻗었다. 그런데 검이 회수되는 게 아니라 몸이 검으로 날아갔다.

첸젠은 속도를 줄이지 않고 검을 집어 든 다음 곧바로 룬을 향해 휘둘렀다.

룬이 반사적으로 왼쪽 얼굴을 막았다.

하지만 첸젠의 검은 배를 향했다.

룬이 급히 뒤로 물러났다. 미처 피하지 못하고 처음 낫 던 상처를 다시 베이고 말았다.

룬은 큐어를 시전 했다. 1써클의 회복마법으로 순식간 에 행할 수 있는 마법이었다.

하지만 첸젠의 움직임이 그보다 빨랐다.

한번 기세를 잡은 첸젠은 독사처럼 룬을 괴롭혔다.

룬이 마나파동이나 윈드핑거를 사용하면 막거나 피할 것도 없이 오러실드로 무마시켰다.

저써클마법들을 중첩캐스팅하거나 고써클 마법을 사용 하면 오러막이나 검으로 막아냈다.

룬의 주특기는 거리를 벌리며 여러 마법이나 마나술로 괴롭히고, 거리가 좁혀지면 체술을 이용해 빠져나간 다음 다시 마법과 마나술로 견제를 하는 것이다.

하지만 견제가 너무 쉽게 막히는 데다 첸젠의 움직임이 너무 빨라 제대로 대처를 하기가 힘들었다.

게다가 첸젠의 오러블레이드는 파이어소드를 상회하는 힘이라 막아내는 것만으로도 벅찼다.

설상가상으로 블링크의 좌표를 모두 간파 당해, 위기 때마다 간간히 블링크를 사용했지만 일초도 되지 않아 위치를 발각 당했다.

룬은 첸젠의 공세에 정신없이 당하면서도 좀 더 고차원적인 마법을 준비했다.

"아이스포그."

주문과 동시에 주변이 차가운 안개로 뒤덮였다.

"파이어웨이브."

화염의 물결이 첸젠을 향해 날아갔다. 동시에 아이스에로우를 중첩캐스팅하여 날렸다.

별 위력이 없는 마법이라 첸젠은 몸으로 마법을 막았다.

룬은 그러든 말든 계속해서 마법을 난사했다. 파이어볼, 파이어에로우, 파이어버스트, 뒤이어 아이스에로우, 아이스볼, 프로즌웨이브.

저 써클은 중첩캐스팅을 했고 삼써클마법들은 곧장 사용했다.

처음에는 아무런 타격도 없는 듯 했다.

하지만 얼음과 불은 상극이었다.

비록 하나하나의 위력은 작더라도 상극인 두 기운이 지속적으로 충돌하자 나중에는 어마어마한 일이 벌어졌다.

가랑비에 옷이 젖는다고 어느새 첸젠의 오러실드에 균열이 생겼다.

그것을 확인한 룬은 준비해 오써클 마법인 파이어필드를 시전해 첸젠의 주변은 불길로 만들었다.

아무리 첸젠이 잘 단련된 검사라 할지라도 오러실드가 깨진 이상 불길에서 아무런 타격을 받지 않을 수는 없었다.

오러실드에 전적으로 기대고 있던 첸젠은 어느 순간 뜨거운 기운이 직접 전해지는 것을 느꼈다.

그리고 그것을 깨달았음 즈음에는 이미 주변이 온통 불길로 뒤덮인 다음이었다.

룬은 여기에 그치지 않고 아이스레인을 시전했다.

원래 파이어레인이나 아이스레인과 같이 5써클이 넘어가는 마법들은 실전에서 사용하기가 매우 힘들었다. 마나의 소모도 소모지만 캐스팅 시간이 워낙 오래 걸리기 때문이다.

하지만 룬은 마나홀에 마나를 저장해 두었다가 마나의 길을 활용해 마법을 사용하기 때문에 주문의 시간이 보통의 마법사에 비해 극히 짧았다.

보통의 마법사였다면 이런 식의 마법운용은 생각지도 못했을 것이다.

그것을 증명하듯 하이넨스는 상황도 잊고 룬의 마법을 멍한 얼굴로 보고 있었다.

그 자신도 5써클에 다다른 대마법사지만 룬이 보여주는 마법운용은 그야 말로 신세계였던 것이다.

룬이 첸젠에게 지지 않기를 바라는 마음이 은근히 들 정도였다.

첸젠은 발밑에서는 뜨거운 기운이, 위에서는 차가운기운이 쏟아지자 생지옥에 있는 듯한 느낌이 들었다. 그만큼 고통스러웠다.

하지만 첸젠이 그간 겪었던 수련의 고통에 비한다면 이 정도 고통은 아무것도 아니었다.

첸젠은 고통속에서도 오히려 정신은 더욱 맑아졌다.

고통은 그의 감각을 더욱 일깨울 뿐이었다.

"크하합!"

파이어필드와 아이스레인을 뚫고 거대한 기합성이 장내를 울렸다.

"데이시스!"

첸젠이 검을 바닥에 내리꽂자 장내가 진동하며 하얀 빛이 주변을 뒤덮었다.

순간 불길이며 얼음의 비며 할 것 없이 그동안 룬이 해

왔던 모든 것이 사라졌다.

첸젠은 자리에서 일어나며 검을 집어 들었다.

그의 몸은 아이스레인의 여파로 인해 축축하게 젖어있었다.

"체인라이트닝!"

전기가 물에 더 잘 반응한다는 건 굳이 마법사가 아니라도 아는 사실이었다.

첸젠은 오러실드가 깨진 이때 체인라이트닝을 정면으로 받아 내서는 안 된다는 판단에 몸을 움직였다.

체인라이트링이 첸젠을 지나 애꿎은 기사에게 적중했다. 체인라이트닝은 그 옆에 있던 기사와 마법사들을 거쳐 다시 첸젠에게 날아갔다.

체인라이트닝이 첸젠의 근처에 가자 몸이 젖어 있던 탓에 닿기도 전에 반응했다.

막 오러실드를 일으키려 했던 첸젠은 체인라이트닝을 그대로 받아들여야했다.

"으으윽."

첸젠의 입에서 조금 특이한 소리가 새어나왔다.

첸젠이 체인라이트닝을 띠어내기 위해 검을 휘둘렀다. 하지만 뱀처럼 검을 감쌀 뿐 소멸되지 않았다.

갑작스럽게 만들어 낸 것 같지만 체인라이트닝은 5써클에 달하는 마법이다.

아무리 첸젠이 뛰어난 검사라도 오러실드없이 맨몸으로 받아낼 만한 위력은 아니었다.

체인라이트닝에 고통스러워하던 첸젠은 왼팔을 왼쪽으로 뻗었다.

그러자 1m정도에 달하는 검 하나가 튀어 나왔다.

첸젠은 양검을 X자로 그었다.

첸젠의 몸을 유린하던 체인라이트닝이 흔적도 없이 사라졌다.

"이도류?"

양손검을 사용하는 검사는 간혹 있어도 이도류를 사용하는 검사는 극히 드물었다. 원핸드에 비해 효율적이지 않기 때문이다.

말이 좋아 효율이 좋지 못한 것이지 다룰 수 없다는 것이 맞았다.

만약 양손에 검을 들고도 자유자재로 다룰 수 있다면? 하나 보다 둘이 낫다는 건 세 살박이도 아는 사실.

다룰 수 없어 쓰이지 않는 것일 뿐, 제대로 다룰 수만 있다면 이도류의 뛰어남은 분명한 사실이었다.

단순히 물리적인 면에서만 이도류가 뛰어난 건 아니었다. 검이 하나 더 있다는 건 마나를 발현할 창구가 하나 더 있다는 것이었다.

단적으로 체인라이트닝에 벗어나지 못하던 첸젠이 양손

에 검을 들자마자 바로 소멸시킨 것만 봐도 알 수 있는 사실이다.

"후, 실로 오랜만이군."

문소드.

반월로 휘어 빛나는 모양이 초승달같다하여 붙여준 이름이었다.

첸젠의 중얼거림에서 알 수 있듯이 문소드가 왼손에 들리는 일은 극히 드물었다.

야만왕 트라울라와 싸울 때조차 꺼내들지 않을 정도였다. 그의 최측근인 모리엔조차 두어번 본 게 전부였다.

첸젠은 룬을 보았다.

검을 하나 더 든 것일 뿐인데 느껴지는 기도가 차원이 달랐다.

룬의 감각에 경보등이 울렸다.

'진짜다.'

공포. 막연한 느낌이 아니었다. 목 지척에 검이 닿아 있는 것같이 구체적인 두려움이었다.

'내가 가진 이상의 힘을 내지 않는 이상 나는 오늘 여기서 뼈를 묻는다.'

살고 싶다는 처절한 마음이 불사의 힘을 만들어 낸다고 사람들은 말한다.

하지만 룬은 그 말을 믿지 않았다.

그 말이 사실이라면 수명을 채우지 못하고 죽는 사람은 없을 것이다.

한계를 뛰어넘는 건 감성이 아닌 철저한 노력과 이성적인 생각이다.

'정령왕… 이프리트만 소환할 수 있다면.'

첸젠과 같은 고수와 겨루어 보고 싶다는 호승심이 생긴 건 분명 사실이다.

하지만 목숨을 담보로 두고 감정에 따를 만큼 멍청하지 않았다.

정령왕을 처음부터 소환할 생각을 하지 않은 건, 가능성이 매우 낮았기 때문이다.

지난 번 산맥에서의 일로 한 달이라는 시간동안 소환을 할 수 없었다.

불과 조금 전 소환되었고 게다가 힘을 소진했으니 소환될 가능성은 극히 낮았다.

그럼에도 룬은 정령왕에 기댈 수밖에 없었다.

문소드를 들기 전 첸젠은 강하지만 혹시라는 기대를 가질 수는 있었다.

하지만 문소드를 든 첸젠에게서는 그 조금의 가능성마저 느껴지지 않았다.

필패! 검 한 번 섞어보지 않고 패배를 단정 짓는 것이 룬이라고 쉬운 건 아니었다.

받아 들이기 힘들 만큼 자존심이 상하는 일이다. 하지만 피한다고 해결되는 건 없다.

룬은 이프리트를 간절하게 불렀다. 의식의 끈으로 연결된 이프리트는 룬의 말을 분명 들을 것이다.

그리고 맹약으로 이루어진 관계에서 이프리트는 절대 룬의 부름을 거역할 수 없었다.

하지만 이프리트는 나타나지 않았다. 주변을 이중으로 감싸고 있는 결계 때문이 아니었다.

바르테오가 오랜 세월을 거쳐 완성시키려 했던 메지아마저 우스운 존재로 만들었던 것이 정령왕이다.

룬의 마법도 막지 못하는 이따위 결계에 막힐 리 없었다.

그 어떤 것도 정령왕의 존재를 막을 수 없었다.

이프리트가 나타나지 않은 건 외부의 문제가 아닌 순수한 본인의 문제이리라.

'역시 안 되는 것인가….'

어느새 첸젠이 움직이기 시작했다. 첸젠은 순식간에 룬에게 다가와 검을 휘둘렀다.

두 개의 검을 쓰기 위해 하나의 검이 조금이라도 위력이 떨어진다면 그건 완벽한 이도류라 할 수 없다.

하지만 첸젠의 이도류는 완벽했다.

문소드를 휘두르기 위해 중심이 조금이라도 흐트러지고
나 힘이 분산될만도 한데 전혀 그런 것이 없었다. 하나에
하나가 더 해 완벽한 둘이 되었다.

룬은 첸젠의 우검은 파이어소드로 막고 문소드는 피하
는 위주로 방어했다.

반격은 꿈도 꿀 수 없었다. 검 하나를 막으면 다른 검 하
나가 파고들기에 반격은커녕 피하기에 급급했다.

마나파동, 윈드펑거, 갖가지 저서클마법들? 이 모든 것
들 역시 무용지물이었다. 그것들을 만들어낼 그 짧은 틈조
차 없던 것이다.

룬은 이런 싸움을 처음 겪어 보았다.

물론 사부와 대련을 할 때 일방적으로 밀리는 양상이 제
법 나왔다.

하지만 그때는 목숨을 걸고 싸우는 것이 아니었다.

이토록 숨 막히지는 않았다.

룬의 주특기는 거리를 벌리고 온갖 마법들로 견제하는
것이다.

하지만 첸젠이 한 치의 틈도 주지 않은 이 시점에 장점
은 전혀 발휘 될 수 없었다.

룬은 점점 지쳐갔다. 움직임도 처음보다 느려지기 시작
했다.

반면 첸젠은 오히려 이제 시작이라는 듯 더욱 맹공을 펼

치기 시작했다.

룬은 헤이스트와 스트랭스에 더욱 마나를 집중했다. 헤이스트는 일정시간 동안 움직임을 빠르게 만들어 주는 마법이고, 스트랭스는 힘을 키워주는 패시브 마법이었다.

시전자의 마나가 고갈되지 않는 이상 언제든지 지속 할수 있었다.

1써클부터 사용가능한 마법이지만 시전자의 능력에 따라 위력을 천차만별이었다.

룬은 7써클 마법사였고 헤이스트로 인해 평소보다 두배는 빠르게, 스트랭스로 인해 세배는 강한 힘을 낼 수 있었다.

룬의 육체적 능력은 웬만한 기사를 상회한다. 패시브 마법으로 인해 육체를 강화했음에도 첸젠에게 수세에 밀리고 있는 것이다.

헤이스트나 스트랭스는 마법으로 육체를 강화시켜주는 것이다.

본인의 고유 능력은 아니라는 것이다. 그래서 오래 사용할 경우 육체에 무리가 따를 수밖에 없었다.

룬은 한 번 움직일 때마다 뼈가 으스러지는 듯 한 고통을 느꼈다.

근육이 파혈 되고, 심줄이 툭툭 끊어지는 소리가 들리는 듯 했다.

그럼에도 패시브 마법을 멈출 수 없었다.

룬은 궁여지책으로 본프로텍터를 시전 했다. 그나마 고통은 줄어 들었다.

하지만 반대급부로 소모되는 마나는 기하급수적으로 많아졌다.

7써클 마법의 파이어소드. 세 개의 패시브 마법. 룬의 마나홀은 어느새 바닥을 드러내고 있었다.

첸젠은 처음과 다름없이 여전히 쌩쌩했다. 그렇다고 아예 체력적인 소모가 없는 건 아니었다. 그의 이마에는 굵은 땀방울이 떨어지고 있었다.

하지만 룬과 달리 그는 상쾌한 기분을 만끽하고 있었다. 문소드를 꺼낼 상대를 만나는 것 자체도 드문 일인데 문소드를 꺼냈음에도 상대는 곧 잘 버텨내고 있었다.

고수가 되어 가장 허무한 것이라면 힘은 넘치는 데 그 힘을 풀만한 상대를 만날 수 없다는 점이었다. 세상에 없을 천하진미를 만들었는데 정작 먹어줄 사람이 없다면 얼마나 허무하겠는가?

정신을 되찾은 후 첸젠은 항상 그 허무함을 가슴 한편에 지니고 살았다.

그 어떤 것으로도 풀 수 없는 허무함.

그 허무함이 룬과의 격전으로 눈 녹듯 사라지고 있었다.

그래서 첸젠은 굵은 땀방울을 흘리면서도 힘든 줄 모르

고 오히려 기분이 절정에 달했다.

첸젠은 모처럼 찾아온 이 기회를 그냥 날려버리고 싶은 마음이 없었다.

첸젠은 쉴 새 없이 퍼붓던 공세를 멈췄다. 그리고 점프를 하더니 지면을 강하게 강타했다.

순간 하얀 벽이 나와 룬과 첸젠을 둘러쌌다. 그곳에는 오직 오직 둘만이 존재했다.

"허억허억."

룬의 입에서 거친 숨소리가 흘러나왔다. 달리기가 끝나고 나서야 비로소 숨을 돌릴 수 있는 것처럼 첸젠의 공세에 참고 참았던 것이 한 번에 터져 나왔다.

"연공을 해라."

룬이 의아한 얼굴로 첸젠을 본다.

"기회를 주겠다는 것이다."

첸젠은 룬이 연공을 할 수 있도록 하얀 벽 가장 끝 쪽으로 움직였다.

첸젠은 자신이 가지고 있는 궁극의 힘을 사용해볼 생각이었다.

물론 그것은 상대가 꼭 룬이 아니더라도 시도할 수 있는 것이었다.

하지만 허공에 손짓을 하는 것이 의미가 있을까? 그럴 만한 상대가 있을 때 비로소 의미가 있는 것이다.

룬은 첸젠의 의도가 무엇인지 대강 짐작할 수 있었다.

자존심이 크게 상하는 일이었다. 하지만 절호의 기회이기도 했다.

룬은 가부좌를 틀고 앉았다. 룬이 호흡을 한 번 할 때마다 주변에 있던 마나들이 순식간에 들어왔다. 마나는 마나의 길을 통해 순환하고는 곧 마나홀에 쌓였다.

고갈 된 마나를 회복하는 건 어려운 일이 아니다.

하지만 헤이스트와 스트랭스로 혹한 시킨 몸은 되돌아오지 않았다.

근육 조직은 여기저기 찢어졌고 눈은 충혈 되어 피가 나올 태세였다.

그건 연공으로 해결할 수 없는 일이었다.

당장은 어찌해볼 도리가 없었다.

룬은 자리에서 일어났다.

"벌써 끝이 났나?"

앉은 지 얼마 되지 않은 시간이었다. 보통의 마법사가 한 시간을 넘게 연공을 하는 것에 비하면 지나치게 빠른 시간이었다.

"걱정하지 않아도 돼. 연공이 끝날 때까지 건드리지 않을 테니 말이야."

어찌 보면 룬을 배려하는 말처럼 들렸다. 하지만 첸젠은 룬이 자신의 비기를 온전히 받아줄 만큼 충분한 상태가 되기를 바라는 마음 뿐이었다.

"충분합니다."

첸젠은 마주하는 것은 두려운 일이다. 두려움을 피하고
싶은 것은 인간의 본능.

첸젠의 말처럼 좀 더 오래 연공을 할 수도 있었다. 아니,
하는 척을 할 수도 있었다.

하지만 그러지 않았다.

자존심 때문이 아니었다. 연공을 얼마나 더 하든 그것은
의미가 없었다.

중요한 건 마지막을 준비하는 첸젠의 비기를 대적할 수
있느냐 하는 것이다.

현재 룬으로써는 그런 것을 가지고 있지 않았다.

그렇기에 시간을 끄는 것은 의미가 없다는 것이다.

그렇다고 아예 포기한 것은 아니다.

헬파이어.

모든 것을 태워 버리는 지옥의 불. 그것이라면 첸젠을
대적할 수 있으리라.

이전에도 수없이 시도해보았다. 헬파이어의 묘리를 알
고 작동원리 또한 완벽하게 익혔다.

하지만 시전 할 수는 없었다. 헬파이어를 감당할 힘이
없기 때문이다.

그런 힘이 지금이라고 생겼을 리는 만무하다.

그럼에도 룬은 헬파이어만을 생각했다. 그것 말고 다른 방법은 없었다.

여유롭게 등을 기대고 있던 첸젠이 마침내 룬의 앞으로 왔다.

"데이시스. 전설로 내려오는 고대 데이시스왕국 최고의 전사가 사용했다는 기술이지."

룬은 데이시스에 의해 파이어필드와 아이스레인이 순식간에 깨진 것을 상기했다.

"그리고 문소드. 데이시스와 이 문소드가 만난다면 과연 어떤 힘이 발휘될까? 산술상 두 배의 힘일까, 그보다 못할까? 아니면 예상을 엎고 더 나은 힘을 나올까?"

룬은 지금 이 순간 자신의 존재가 한낱 첸젠의 실험대상일 뿐이라는 사실을 다시 한 번 통감한다.

룬에게 말을 하는 첸젠의 얼굴에 패배할 것이라는 일말의 걱정도 없다.

오직 자신의 비기를 확인하는 대에 대한 기대로만 가득 차 있다.

"그럼 시작하도록 하지!"

첸젠의 몸에서 엄청난 힘이 들끓기 시작했다. 스파크 같은 것이 그의 몸을 감쌌다. 룬과 그와의 사이에 대지가 심하게 진동했다.

룬은 눈을 감았다. 마나가 마나의 길을 타고 서클을 형성했다.

하나, 둘, 셋, 넷, 다섯, 여섯, 일곱. 일곱 개의 서클을 형성한 마나는 여전히 강렬했지만 하나의 써클을 더 만들어내지는 못했다.

하지만 룬은 멈추지 않았다. 모든 마나를 써클에 집중시켜 헬파이어를 캐스팅하기 시작했다.

7개의 써클로 8써클의 헬파이어를 시전한다. 가능성은 희박하다. 설령 가능하다 하더라도 어떤 후폭풍이 생길지 모른다.

무리함의 대가로 기존의 서클이 모두 붕괴되거나, 최악의 경우 마나홀이 파괴될지도 모를 일이었다.

룬은 뒷일에 대해서는 생각하지 않기로 했다. 당장 첸젠을 막지 못하면 아무 의미가 없었다.

ㅡ지옥의 망령이여, 그대의 힘으로 모든 것을 불태우리라!

주문은 룬의 머릿속에서만 이루어졌다.

7개의 서클에서 비명을 질렀다.

방금까지 가득 찼던 마나홀이 텅텅 비어 모두 서클에 집중 되었다.

몸 안에 누군가 들어가 장기를 끌어당기는 듯 한 고통이 전해졌다,

당장이라도 몸이 가루가 될 것 같았다.

'조금만 더.'

마나가 서클을 지나 손 위에 집중되었다. 그럼에도 나타 나야 될 것은 보이지 않았다. 모든 힘을 쏟아 부었지만 허무하리만큼 아무런 변화도 없었다.

마침내 마나는 고갈되었고 서클은 자취를 감추었다. 이제 룬의 몸에 남아 있는 것은 아무것도 없었다.

'이대로 끝인가.'

마나는 없고 몸은 망가질대로 망가졌다. 정령왕은 부름에 응하지 않았고 더 이상 남아 있는 것은 없었다.

－정령왕이여… 부름에 응할 수 없다면 권능이라도 내게 다오.

쥐도 궁지에 몰리면 고양이를 문다고 했다. 수세에 몰리면 기존에 상식을 허물어 버리는 생각을 하는 것이다.

정령왕과 맹약을 맺은 후 룬은 그 존재에 대해 심도 있게 생각 해보지 않았다. 그저 때가 되면 소환을 하는 게 전부였다.

수세에 몰려 얼떨결에 든 생각이지만 아주 가능성이 없는 것은 아니었다.

정령왕이 현신을 할 수 없는 건, 엄밀히 말해 인계에서의 힘을 소진한 것이다.

그 말인 즉 정령왕 고유의 힘은 그대로라는 뜻이다.

－나 이프리트의 이름으로 그대와 권능의 맹약을 맺으리라!

순간 룬의 귓가에 이프리트의 음성이 맴돌았다.

-권능은 내 존재 그 자체. 내 권능을 준다는 것은 너의 존재를 지우고 내게 귀속된다는 뜻이다. 다시 묻는다. 맹약을 맺겠는가?

존재를 지우고 정령왕에 귀속된다는 건 더 이상 하나의 실체로 존재할 수 없다는 뜻이다. 룬은 사라지고 그 자리에 정령왕이 대신한다는 것이다.

여유가 있는 상황이라면 이프리트의 말이 얼마나 중대한 사항인지 따졌을 것이다.

하지만 룬은 그가 무슨 말을 하는지조차 제대로 듣지 못했다.

그저 마지막에 맹약을 맺겠느냐는 말만 들었다.

-맹약을 맺겠습니다.

-나 정령왕 이프리트의 권능이 그대와 함께 하리라.

순간 룬의 몸속에 뜨거운 무언가로 활활타들어갔다.

룬은 오장육부가 모두 녹아내리는 듯 한 끔찍한 고통에 휩싸였다.

그런 와중에 간신히 정신을 차려 그 기운을 갈무리 했다.

마나를 대신해 서클을 만들고 헬파이어로를 시전할 생각이었다.

하지만 새로운 기운은 전혀 미동도 없었다.

이대로 가다간 몸이 불에 타 죽을 것만 같았다.

그건 꼭 느낌만이 아니었다.

실제로 룬의 몸은 정령왕의 힘으로 인해 타들어가고 있었다.

인간이 견디기에 정령왕의 힘은 너무도 방대한 것이었다.

룬은 단 하나의 써클도 생성해 내지 않은 채 오직 살기 위해 헬파이어를 시전했다.

-지옥의 망령이여, 나에게 힘을 주소서!

8써클의 마법을 하나의 써클도 만들어 내지 못한 상태에서 시전한다?

룬의 이성이 조금이라도 남아 있었다면 절대 행하지 않을 일이었다.

그런데 때론 비상식이 상식을 뛰어넘기도 한다.

지금이 그러했다.

하나의 써클도 존재하지 않지만 룬의 내부를 불태우던 정령왕의 힘은 룬의 손을 타고가 지옥의 불을 만들어 냈다.

너무도 위력적이기에 오히려 시리도록 새하얀 지옥의 불. 헬파이어였다.

-지옥으로 떨어져라. 헬파이어!

마침내 지옥의 불은 드높게 올라가더니 첸젠을 향해 날

아갔다.

첸젠은 양팔을 벌렸다. 섬광이 팔을 타고 뻗어갔다.

"데이시스!"

첸젠의 오른 검이 찬란하게 빛났다. 양검을 교차시키자 보름달이 뜬 듯 문소드도 빛을 내기 시작했다. 마침내 검이 바닥에 꽂혔다.

찬란한 빛이 주변을 감쌌다. 곧이어 빛은 한곳에 응축되더니 섬광이 되어 헬파이어에 날아갔다.

두 기운이 맞부딪쳤다.

헬파이어는 첸젠의 데이시스를 무참히 능욕하고는 첸젠을 집어 삼켰다.

첸젠은 멍하니 헬파이어를 바라보았다.

쾅!

대지가 흔들렸다. 지옥의 불이 모든 걸 집어 삼키고 있었다.

모든 힘을 쏟은 룬은 그 자리에 그대로 주저 앉았다.

쿠쿠쿵─

어떠한 충격에도 요동도 하지 않던 장내가 무너지기 시작했다.

지진이 난 듯 대지가 흔들거렸고 사람만한 돌덩이들이 떨어졌다.

"결계를 제거해라. 텔레포트를 사용한다!"

하이넨스가 외쳤다. 굳이 그의 말이 아니더라도 공간마법을 차단하는 결계는 이미 깨진 상태였다.

그는 텔레포트를 시전 했다. 표식을 만들어 둔 제국군은 그의 마법에 따라 좌표가 설정되어 있는 곳으로 옮겨졌다.

"크."

룬은 움직여지지 않는 손을 억지로 움직여 텔레포트스크롤을 찢었다.

우웅.

장내는 지옥의 불로 인해 흔적도 없이 사라졌다.

아무것도 존재하지 않을 것 같은 장내에, 갑자기 한 공간에 균열이 생겼다.

균열이 점점 커지더니 사람 하나가 튀어나왔다.

"후우. 뜻하지 않게 재밌는 걸 구경하게 됐군."

그는 다름 아닌 제국의 수석마법사, 폴센이었다.

제 3 장

뜻밖의 기연

제 3 장
뜻밖의 기연

장내를 빠져나온 월야는 냇물이 흐르는 산속 귀퉁이에
자리를 잡았다.

이자벨리아는 여전히 의식을 잃고 있었다. 월야는 그녀
의 불안정한 마나를 갈무리했다.

이자벨리아가 낮게 신음을 하며 눈을 떴다. 제일 먼저
푸른 하늘이 보였고, 졸졸졸 냇물이 흘러가는 소리가 들렸
고, 코끝에 은은한 풀냄새가 감돌았다.

"정신이 드십니까?"

낯선 목소리에 이자벨리아가 화들짝 놀라며 로브를 더
욱 깊게 썼다.

"당신은 누구죠?"

"너무 그렇게 경계하실 거 없습니다. 다른 의도가 있었다면 이렇게 예를 차리지도 않았을 테니까요."

깨어나 보니 낯선 곳에 낯선 사내가 있다면 누구라도 경계를 늦출 수 없으리란 걸 이해한 월야는 한껏 부드럽게 말을 했다.

그 노력 덕인지 이자벨리아는 월야의 말에 신뢰를 느꼈다. 그렇다고 경계를 아예 늦춘 건 아니었다.

"어떻게 된 거죠? 룬님은 어디에 있는 거죠?"

이자벨리아의 얼굴이 표독스럽게 변했다. 월야는 어렵지 않게 그녀가 룬을 마음에 품고 있음을 느꼈다.

"제가 왔을 때 그는 없었습니다."

자초지종을 알 수는 없었지만 일단 화를 당한 것은 아니라는 말에 다소 안심이 되었다.

"왜 저를 이리로 데려 온 거죠?"

"단도직입적으로 말하죠. 누구에게서 마나연공을 전수받은 겁니까?"

마나연공의 이야기가 나오자 이자벨리아가 흠칫했다.

"무슨 말을 하는지 모르겠군요. 마나연공이야 당연히 가문에서 내려오는 것을 익혔죠."

"반응을 보니 본인이 익힌 마나연공이 특별하다는 것은 알고 있는 것 같군요."

"……."

"몸 상태로 보아 왜 마나연공을 전수해 주었는지 짐작은 가는군요. 잭스와는 어떤 사이입니까?"

"잭스? 떠돌이 흑마법사를 말하는 건가요?"

월야는 이자벨리아가 모르는 척 연기를 하고 있다고 생각했지만 일단 장단을 맞춰 고개를 끄덕였다.

"이미 죽은 사람과 무슨 관계가 있겠어요."

"죽었다고요?"

월야가 놀라 반문했다.

"예. 악행을 일삼던 떠돌이 흑마법사 잭스는 제국군의 손에 죽음을 당했죠."

"그게 정말입니까?"

월야가 놀란 눈으로 이자벨리아를 노려보았다.

"못 믿겠거든 아무나 붙잡고 물어보세요. 그 자와 연고가 있는 사이 같은 데 저도 알고 있는 사실을 몰랐다니 오히려 제가 놀랄 일이군요."

말을 하던 이자벨리아는 월야의 눈이 붉게 물드는 것을 보고 입을 닫아야했다.

검고 큰 눈동자가 슬픔으로 물드니 상황도 잊고 절로 측은한 마음이 생겼다.

슬픔에 잠겨있던 월야의 얼굴은 곧 분노로 읽으러졌다. 그는 이자벨리아의 혈을 눌러 움직이지 못하게 한 다음 어딘가로 사라졌다.

월야가 향한 곳은 메지아가 있던 곳이었다.

월야는 그곳에서 센디아의 자취를 따라 움직였다. 얼마간 움직이자 축 처진 어깨로 본군으로 향하는 센디아의 모습이 보였다.

센디아는 분노로 일그러진 월야의 얼굴을 보며 불안감에 휩싸였다.

불안감은 곧 현실이 되어 월야의 검은 어느새 센디아를 단칼에 베어넘기고 있었다. 월야는 센디아의 시신을 으슥한 곳에 가져가 묻었다.

센디아가 묻혀진 곳을 잠시 바라보던 월야는 다시 몸을 날렸다.

월야가 다시 산속에 도착하자 이자벨리아는 온몸이 땀이 비오듯 쏟아져 축축하게 젖어 있었다. 얼굴은 닿으면 데일 듯 빨갛게 변해 있었다.

월야는 얼른 그녀의 혈을 풀어 몸을 자유롭게 만들어주었다.

그럼에도 그녀는 움직이지 못하고 몸만 부르르 떨었다.

'이런… 거대한 기운을 막 받아들인 시기에 혈을 막아버렸으니 역류하지 않을 도리가 없겠지.'

월야는 자책하며 이자벨리아를 번쩍 들어올렸다. 그리고 냇물을 향해 던졌다. 월야도 곧 뒤따라 들어가 그녀를 살폈다.

편안한 상태로 두었다면 메지아에서 받은 기운을 받아들여 막대한 힘을 얻는 것은 물론 양기가 넘치는 체질마저 극복할 터였다.

하지만 혈을 차단한 탓에 거대한 힘이 순환하지 못하여 장기들이 파괴되고 있었다.

'쳇 어쩔 수 없지. 내 실수로 벌어진 일이니 일단은 사죄를 하는 수밖에.'

월야는 이자벨리아의 몸속에 남아 있는 강력한 불의 힘을 제어했다.

시간이 지속될수록 이자벨리아의 혈색이 차츰 정상으로 돌아오기 시작하더니 이내 생기를 되찾았다.

기왕 손을 댄 김에 월야는 마나의 길을 꼬아 마나연공의 흔적을 지웠다.

월야는 그녀를 들어 다시 밖으로 나온 다음 적당한 곳에 눕혔다.

혈색뿐만 아니라 숨소리도 안정적이었다. 얼마 후 그녀가 정신을 차렸다.

정신을 차렸을 때 그녀는 머리가 맑고 개운한 것이 지난 일들이 모두 꿈처럼 느껴졌다.

"정신이 좀 드십니까?"

"어떻게 된 거죠?"

그녀가 상체를 일으키며 말했다.

"령감옥의 힘이 아직 자리를 잡지 않은 상태에서 인위적으로 마나의 길을 막아 정신을 잃은 겁니다."

"그럼 이제는 괜찮아 진건가요?"

"그것뿐만 아니지요."

월야가 고개를 끄덕이더니 돌연 그녀를 향해 손을 뻗었다. 그녀는 갑작스런 월야의 행동에 당황하면서도 그의 손을 끝까지 본 다음 고개만 살짝 틀어 피했다.

"이게 무슨 짓이죠?"

"이러쿵저러쿵 떠드는 것 보다 한 번 보여주는 게 나을거 같아 손을 써봤습니다."

그녀는 월야의 의중을 이해했지만 기분은 썩 불쾌했다. 그녀는 월야가 했던 것처럼 손을 뻗었다. 그녀의 움직임을 가볍게 생각하던 월야는 몸만 살짝 틀려고 했다.

하지만 그녀의 손에 깃든 힘이 어마어마해 아예 옆으로 물러나 버렸다.

그녀의 손은 허공을 갈랐다.

하지만 그녀의 손에 작은 파동이 일어나더니 뒤쪽으로 쭉 날아갔다.

파동을 커다란 바위에 부딪쳤는 데 바위는 흔적도 없이 사라져 버렸다.

바위 주변이 화산이 폭발한 것처럼 변했다.

그 모습에 월야도 월야지만 정작 힘을 쓴 이자벨리아 본인도 놀라긴 마찬가지였다.

월야가 머리를 긁적였다. 이자벨리아가 어안이 벙벙한 얼굴로 월야를 봤다.

"보시다시피 이게 당신의 힘입니다. 제가 손을 쓰는 것보다 훨씬 확실하군요."

아지벨리아는 여전히 이해할 수 없는 얼굴이었다.

"당신의 체질에 대해 알고 있습니까?"

"제 이름은 이자벨리아에요. 편하게 신디아라고 부르세요."

월야가 고개를 끄덕였다.

"자세히는 모르지만 양기라는 것이 넘쳐 절명을 할 체질이라고 알고 있어요."

"말씀하신 그대로입니다. 구양절맥! 양기가 차올라 절명을 하게 되는 불운의 체질이지요."

구양절맥이라는 단어를 듣자 이자벨리아는 흠칫 놀랐다. 그것은 오직 룬만 알고 있던 것이라 어떻게 월야가 그것을 알고 있는지 의아했다.

"하지만 차오르는 양기를 제어할 수만 있다면 남들은 평생을 연공해도 가질 수 없는 엄청난 마나를 손에 넣을 수도 있는 축복받은 체질이기도 합니다. 신디아님에게 마나연공을 전수해준 사람 역시 그 사실을 알고 마나연공을 전수해 준겁니다."

이자벨리아는 놀란 마음을 감출 수 없었다. 얘기를 들을 수록 월야와 룬간에 어떤식으로든지 연관이 있을 것 같았다. 이자벨리아는 그 점이 궁금했지만 월야의 말을 끊지 않았다.

"하지만 마나연공은 실패했습니다. 그래서 령감옥의 힘을 빌려 양기를 제어하려 한 겁니다. 양기는 남자의 기운으로 불의 힘과도 밀접한 연관이 있죠. 강한힘을 더 강한 힘으로 제어하는 겁니다. 결과적으로 령감옥의 힘을 받아들이게 되었습니다. 하지만 방금 전 말했듯 마나의 길을 막아 순환을 방해한 결과로 구양절맥보다 더 강한 힘에 의해 몸이 파괴되고 있었습니다."

이자벨리아는 월야가 사라진 뒤 갑자기 온 몸에 들끓었던 것을 떠올렸다.

방금 일어난 일이었지만 까마득히 먼 옛날에 발생한 일 같았다.

그래도 그때의 고통만은 생생했다. 이자벨리아는 몸을 부르르 떨었다.

"그래서 제가 그 힘을 제어에 다시 당신의 것으로 만들어 준겁니다."

월야가 화산지대처럼 변한 바위를 가리켰다. 이자벨리아는 믿을 수 없다는 듯 자신의 두 손을 내려다보았다. 정녕 저 바위를 자신의 손으로 만든 것이란 말인가.

월야는 그 과정에서 마나연공의 흔적을 깨끗이 지운 것은 굳이 이야기 하지 않았다.

그녀는 아무 곳에나 손을 휘둘렀다. 무언가 거대한 일이 벌어지길 기대했지만 아무도 일도 일어나지 않았다.

"아직 본인의 힘을 온전히 다룰 수 없어서 그런 걸 겁니다. 눈을 감고 몸속에 내재된 힘을 느껴보세요. 눈으로 보지 않아도 변화된 자신을 느낄 수 있을 겁니다."

이자벨리아는 눈을 감았다. 스스로 인지하고 있지 못하지만 어느새 가부좌를 틀고 있었다.

가부좌는 양발을 교차시켜 앉는 것이다. 좌우의 균형이 일치하는 상태이며 마나의 흐름이 가장 극대화 되는 자세였다. 메지아의 강한 힘이 자리하고 있었기에 본능적으로 마나의 흐름이 극대화 되는 자세를 취하게 된 것이다.

잠시 후 이자벨리아는 눈을 떴다. 잠시 눈을 감았다 뜬 것 뿐인데 그녀의 눈빛에 깊은 혜안이 느껴졌다.

"제 말을 믿으시겠습니까?"

이자벨리아가 고개를 끄덕였다.

월야가 자리에서 일어나 이자벨리아의 앞에 섰다.

"그럼 이제 대답해 보십시오. 당신에게 마나연공을 전수해 준 사람은 누구입니까?"

이자벨리아의 입이 다시 다물어졌다.

"의심을 하지 않도록 충분히 설명을 한 것 같은데 아직도 부족합니다. 아니면 이해하고 싶지 않은 겁니까? 모르시겠습니까? 그 마나연공의 시초가 바로 저입니다. 그렇지 않았다면 어찌 당신을 한눈에 알아봤을 것이며, 또 당신을 살렸겠습니까?"

"당신 말이 모두 맞아요. 하지만…."

"당신에게 마나연공을 전수해 준 자는 내 후예입니다. 제자는 죽었다고하니 제자의 제자일 가능성이 높겠죠."

"어떻게 사부라는 사람이 제자가 죽었다는 사실조차 모르고 있었죠? 그러면서 이제와 찾는 건 설득력이 없지 않나요."

"아주 먼 곳에 가 있었습니다. 다시는 돌아올 수 없을 거라 생각했는 데, 이렇게 오게 됐습니다."

"남대륙?"

월야는 적당히 고개를 끄덕였다. 어차피 이자벨리아에게 자신이 살던 곳에 대한 이해를 바라기란 무리였다.

이자벨리아의 얼굴에 이채가 서렸다. 남대륙이라면 수십일 동안 배를 타고 가야할 만큼 먼 곳이었다. 아무런 제지 없을 때 그만큼 걸린다는 거지, 중간에 표류가 되거나 항로가 없어 길을 잃고 굶어 죽기 십상이었다.

"당신 말은 논리적으로 모두 맞아요. 하지만 의도만은 말한 것과 다른 것이라면요. 사실 후예를 찾는 것이 아니라 자신 외에 마나연공을 알고 있는 사람들을 찾아가 뿌리 뽑으려는 계획이라면요? 그래서 저 또한 살리신 것이라면요?"

"그래서 말하지 못하겠다 이말입니까?"

"당신은 본인 입으로 돌아 올 수 없을 거라고 했어요. 그 말은 이 대륙에 관해서는 관여하지 않기로 마음 먹었던 게 아닌가요? 그렇다면 차라리 그냥 모른 척 하세요. 지금 와서 이러는 건 본인이 생각해도 무책임하다고 생각지는 않으신가요?"

그 말을 곱씹던 월야가 잠시 공허하게 하늘을 올려다 봤다.

이자벨리아의 말이 모두 옳았다. 그토록 아꼈다면 떠나서는 안 되는 것이었다. 곁에서 지켜줘야 하는 것이었다.

하지만 자신은 무참히 버렸다. 그리고 이제 와서 찾아가겠다는 건 너무도 무책임한 행동이었다.

최소한 책임을 통감하는 척이라도 하기 위해서는 우선 끝내 놓아야할 일이 있었다.

월야는 검을 들었다.

그리고 이자벨리아의 목을 겨누었다.

"말하지 않겠다면 어쩔 수 없이 무력을 쓸 수 밖에 없습니다."

이자벨리아가 월야를 본다.

"평범한 속에 감춰진 당신의 힘이 느껴져요. 아무리 제가 불의 힘을 얻었다고 한 들 당신을 이길 수는 없겠죠. 그래도 어쩔 수 없어요."

"나는 당신에게 상황을 알 수 있도록 충분하게 설명을 했습니다. 그럼에도 목숨을 내건다는 건 너무 멍청한 생각 같지 않습니까?"

"그런 건 저는 몰라요. 단지 저는 누구에게도 말하지 않겠다고 약속을 했고, 그 약속을 지키려는 것 뿐이에요."

이자벨리아는 아예 눈을 감았다.

월야는 검을 내리그었다.

검은 이자벨리아의 목 바로 옆을 지나 바닥을 그었다. 검이 지나간 자리가 깨끗하게 파였다.

이자벨리아가 천천히 눈을 떴다.

"멍청하고 고집불통이기는 하지만 마음에 드는군요. 당신 말이 맞습니다. 지금 와서 참견을 한다는 건 무책임한 행동이지요. 하지만 사부로써 지켜주지 못한 것에 대한 책임을 져야겠습니다."

이자벨리아가 이해하기에는 애매모호한 말이었다.

"앞으로 누가와도, 설령 신이 나타나 물어도 그 태도에 변함이 없을 거라 믿겠습니다."

월야는 미련 없이 자리를 떠났다.

"저기…."

월야가 이자벨리아의 목전에 검을 겨누어 그녀를 떠본 것이라면, 그녀 역시 월야의 행동을 떠본 것이었다.

하지만 월야는 이자벨리아의 부름을 듣기도 전에 이미 사라지고 없었다.

NEO FUSION FANTASY STORY & ADVANTURE

LUNE

제 4 장

제국으로

제 4 장
제국으로

　바르타인은 폴센의 연구실을 찾았다. 폴센의 연구실은
연구실이라기보다 온갖 잡동사니를 쑤셔 박아 놓은 창고
같았다.

　개구리, 뱀, 도마뱀과 같은 파충류들이 이상한 액체에
담겨 있고, 트롤 오우거와 같은 몬스터들이 곳곳에 세워져
있었다.

　그 맞은 편 선반에는 용도를 알 수 없는 온갖 액체들이
어울리지 않게 예쁜 병에 담겨 있었다.

　천장에는 둥그런 것들이 떠다니고 있었는 데 그곳에서
은은한 빛이 나왔다.

　첸젠은 구석 쪽에 눕혀져 있었다. 초로색 담요로 덮인

침대 위였는 데 원래초록색이었는지는 의문이었다.

전체적으로 보기에 썩은 내가 진동할 것처럼 보이지만 의외로 불쾌한 냄새는 나지 않았다.

"첸젠님께서는 어떠십니까?"

바르타인이 물었다.

"아직까지는 잘 모르겠습니다."

폴센이 대답하며 첸젠을 힐끔거렸다.

"최선을 다해봐야지요."

"모쪼록 부탁드립니다. 그리고 다시 한 번 감사드립니다."

폴센. 본인이 흥미를 느끼는 일 외에는 좀처럼 나서는 일이 없으며 지존인 황제의 말도 우습게 아는 고집불통 외골수였다.

폴센에게 첸젠을 부탁하면서도 반신반의 했다. 그런데 의외로 쉽게 수락을 한 것이다.

"첸젠님께서 무엇에 당했는지는 파악이 되셨습니까?"

폴센은 말 없이 첸젠에게 다가갔다. 첸젠은 중요한 부분도 가라치 않은 완전한 나체로 누워 있었다. 온몸에 지렁이가 기어 다니는 것 같았다.

"어떻게 보이십니까?"

바르타인이 짐짓 심각한 얼굴로 첸젠을 본다.

"화상을 당한 것 같군요."

"제가 보기에도 그렇습니다."

"!?"

"저는 마법사지 점술가가 아닙니다. 직접 보지도 않은 이상 저라고 알 수 있겠습니까? 뭐, 깨어나서 본인의 입으로 직접 당시 상황을 들을 수 있으면 명확해 지겠지만요."

"당시 그곳에 있던 하이넨스님께서 헬파이어의 가능성을 내놓았는데요."

"끌끌. 공작님께서는 여태껏 7써클을 넘은 인간이 있다는 소리를 들어본 적이 있으십니까?"

바르타인이 고개를 저었다.

"헬파이어는 8써클 마법입니다. 역사상 등장하지 않던 대마법사가 하필 이 시기에 첸젠님과 맞붙었다는 건 너무 공교롭지 않습니까?"

"그 점은 저도 동감하는 바입니다."

"하지만…."

바르타인이 폴센을 본다.

"헬파이어말고는 이 상황을 설명할 다른 방도가 없다는 것 역시 너무 공교로운 일이군요."

말을 하는 폴센의 얼굴이 장난기 가득한 어린아이처럼 변했다.

"그 말은…."

폴센이 대답대신 개구쟁이처럼 웃더니 메지아가 있는 곳으로 다가갔다.

"신기하지 않습니까? 모든 걸 무의 상태로 돌아간 그 현장에서 버젓이 버티고 있는 것을 보면 말입니다."

"이게 대체 무엇입니까?"

"령감옥이라는 거지요. 정령의 사대속성의 힘을 비축해 두었다가 인간에게 주입시켜주는 것입니다."

"그럼 첸젠을 상대한 마법사 역시 이것의 작품일 가능성이 높겠군요."

"지금으로써는 그렇다고 봐야겠지요?"

바르타인이 얼굴이 기대로 물들었다. 어쩌면 8써클의 마법사를 만들어 낸 것일지도 모르는 비밀명기. 적국에 있다면 더 없이 두려운 물건이지만 이제는 제국의 손에 있었다.

"그리고 그 말은 그 만한 고수가 최소한 3명은 더 있을 수도 있다는 뜻입니다."

"그것은 이미 짐작한 바입니다."

"이놈이 완전히 기능을 상실한 건 모르는 눈치시군요."

"……."

확실히 바르타인은 그 사실을 몰랐던 모양이다.

얼굴에 실망감이 금세 스쳐갔다.

"복제할 수는 없는 겁니까?"

"지금으로써는 그렇습니다. 하지만 모르죠. 하 치 앞도 보이지 않던 벽이 어느 순간 허물어 버리는 것처럼 연구를 거듭하다보면 가능할지도요."

폴센의 말로써는 성공여부를 확신할 수는 없었다.

하지만 강한 호기심을 느끼고 있다는 건 알 수 있었다.

폴센은 대단한 집념의 사나이다.

그가 관심을 가진 것들 중에는 끝을 보지 않는 건 없다.

불가능하다는 확신을 가질 때까지 말이다.

룬이 눈을 뜬 곳은 트린베니아 남부항구쪽이었다. 텔레
포트의 좌표가 설정된 곳이었다. 눈을 뜨자 안토에서 있던
일이 제일 먼저 떠올랐다.

'헬파이어…'

룬을 자리에서 벌떡 일어났다.

꿈이 아니었다.

인간의 한계라 여겨지는 7써클을 넘어선 대마법. 그것
을 자신이 시전한 것이다.

룬은 가부좌를 틀고 앉아 연공을 하였다. 그리고 마나를
집중시켜 써클을 생성해 보았다. 하나, 둘, 셋…일곱. 서클
은 거기서 멈췄다.

'역시 8써클은 아닌 건가…'

한순간 실망감이 찾아왔다.

헬파이어를 시전할 수 있었던 건 순전히 정령왕의 권능이었음을 여과 없이 확인한 것이다.

'실망할 거 없어. 정령왕의 권능을 사용할 수 있다는 것만으로도 충분히 가치가 있는 일이니까.'

그렇게 생각한 룬은 이프리트가 했던 말이 떠올랐다.

―권능은 내 존재 그 자체. 내 권능을 준다는 것은 너의 존재를 지우고 내게 귀속된다는 뜻이다. 다시 묻는다. 맹약을 맺겠는가?

당시에는 경황이 없어 그 말뜻을 헤아릴 시간이 없었다. 하지만 지금 곱씹어 보니 실로 엄청난 내용이 아닌가. 존재를 지우고 귀속된다는 건 결국 자신은 죽고 이 몸을 정령왕 이프리트가 대신 차지한다는 것이었다.

"하지만 내 몸은 멀쩡한데 말이지…."

게다가 마지막에 모두 사라졌던 써클마저 정상이었다.

또한 몇 달은 몸조리를 해야할 만큼 망가져 있던 몸에도 힘이 넘쳤다.

"다른 뜻이 있었던 건가?"

생각한다고 답이 나오지는 않았다.

확실한 건 룬의 몸은 멀쩡했고 정신 또한 또렷했다. 당장은 그것이면 됐다.

룬은 조금이라도 여유가 있을 때 정령왕의 권능의 활용법을 생각해 놔야겠다고 마음먹었다. 그래서 내친김에 정령왕의 권능을 다시 한 번 사용해 보려 하였다.

하지만 어찌된 일인지 정령왕의 권능은 다시 발휘되지 않았다.

'왜 지금은 권능을 사용할 수 없는 걸까. 헬파이어한방으로 정령왕의 힘이 모두 소진된 걸까? 설마… 어마어마했던 메지아조차 정령왕앞에서는 조족지혈에 불과했는데. 그래, 인계로 현신할 때 힘을 대부분 잃는 것처럼 권능을 빌렸을 때도 그런 제약이 있는 걸 수도 있어.'

자세한 것이야 이프리트와 직접 만나보면 알 일이지만 당장은 소환을 할 수 없는 상태였다. 그렇다고 지난번처럼 정령계로 가는 것조차 불가능했다.

사실 이프리트를 만나는 것이 조금 껄끄럽기도 했다. 그는 이자벨리아를 강제로 메지아에 속박시킨 다음 억지로 힘을 주입시켰다.

룬은 그때 이프리트가 했던 말을 똑똑히 기억했다.

'이 자가 내 힘을 얼마나 버틸지 기대되는군.'

그건 분명 이자벨리아의 안위 따위는 전혀 신경 쓰지 않은 말이었다. 이자벨리아가 어떻게 되든 말든 본인의 호기심을 충족시키려는 의도가 분명해 보였다.

룬은 정령왕과 맹약을 맺었고 하여 당연히 전적인 본인의 편이라고 생각했다. 하지만 그때의 행동은 분명 룬의 의도를 거스르는 것이었다.

정령왕과같이 어마어마한 존재를 통제할 수 없다면 어떻게 될까?

차라리 맹약을 맺지 않는 것만 못할 수도 있었다.

'정령왕을 부르는 건 특별한 경우가 아니면 자제해야겠어. 그나저나 첸젠… 그자는 어떻게 됐을까. 죽었을까… 메스텔레포트로 빠져나간 것 같기도 한데… 어찌됐건 상관없어. 어차피 환영마법에 가려 내 얼굴을 본 것도 아니니.'

룬은 로로노아펍으로 갔다. 그곳에서 오샤스를 찾았다.

점원은 밀실로 룬을 데리고 갔다. 혹여나 바르테오나, 이자벨리아가 있지는 않을까 기대했지만 그들은 볼 수 없었다.

"당신이 진짜 오샤스인가요?"

"예."

오샤스는 평범한 트린베니아인의 모습을 하고 있었다.

"바르테오님께서 오시면 안부를 전해 달라고 하셨습니다. 직접 기다려주지 못해 미안하다는 말도 함께요."

바르테오는 현재 직접 전장에 참여한 상태였다. 제자들은 메지아의 힘을 받아들여 각성을 하였다.

바르테오와 세명의 제자.

그리고 애드워드와 용병들.

그들이 합세하자 전장은 이제까지와 판이하게 다른 양

상으로 접어들었다.

물밀 듯 내려오던 제국은 첸젠의 부재와 함께 썰물처럼 뒤로 밀려나는 중이었다.

"제국의 군사가 코앞까지 당도해 있는 데 저 하나를 기다리기 위해 남아 있기를 바라는 건 너무 큰 기대겠지요. 그 보다 제자들은 무사합니까."

"예. 덕분입니다."

룬은 메지아의 힘을 받아들인 그들이 얼마나 성장했을지 보고 싶었다. 하지만 상황이 상황이니만큼 바람으로만 남아야했다.

"바르테오님과 제자 분들, 애드워드님. 그리고 그분을 따르는 용병들이 마침내 출정을 하였습니다. 이제 제국의 종자들을 몰아내는 일만 남았습니다."

오샤스가 돌연 룬에게 고개를 숙였다.

"모두 당신 덕입니다."

룬이 오샤스를 만류했다.

"이러실 것 없습니다."

"아니, 당신은 충분히 대우를 받을 자격이 있습니다. 바르테오님 역시 그 사실을 꼭 인지시켜야 한다고 했습니다."

룬은 괜히 멋쩍어 뺨을 긁었다.

"애드워드님께서는 무사하신 겁니까?"

"예. 깨어나 보니 안토에서 한참을 떨어진 곳이라고 하시더군요. 하지만 몸에 별다른 이상은 없었습니다."

룬은 고개를 끄덕였다.

'그럼 그때 충격으로 나와 애드워드님이 어디론가 날아가 버린거군.'

"혹시 저와 함께 왔던 동료가 오지는 않았습니까?"

룬은 마른침을 한 번 삼켰다. 사실 오샤스에게 가장 묻고 싶었던 것이었다.

"그렇지 않아도 기다리고 계십니다. 이쪽으로 오시지요."

룬의 얼굴이 순간 믿을 수 없을 만큼 환해졌다.

오샤스는 룬의 모습에 괜히 자신이 뭔가를 한 것 같아 기분이 좋아졌다.

밀실을 나와 조금 걷다보니 천막으로 된 건물이 하나 나왔다.

오샤스가 들어가 보라고 손짓했다.

룬은 안으로 들어갔다. 천막안은 겉에서 보는 것과 달리 제법 깔끔했다.

이자벨리아는 풀로 장식이 된 소파에 다소곳이 앉아 있었다.

그러다가 룬을 보고는 황급히 자리에서 일어났다.

"무사해서 다행이에요."

그녀는 거의 울 것 같은 얼굴이었다. 룬은 그녀의 두 손을 꼭 잡았다.

"신디아님이 무사하셔서서 저야 말로 다행입니다."

뭇 연인처럼 해후를 한 두 사람은 곧 상황이 어떻게 된 것인지 이야기를 하기 시작했다.

"…이미 그 밀실을 제국군에게 점령당한 상태였어요. 그래서 어쩔 수 없이 이곳으로 오게 된 거에요."

이자벨리아의 말을 듣던 룬은 입을 다물지 못했다.

사실 중간부터는 그녀가 무슨 말을 했는지조차 잘 기억이 나질 않았다.

룬의 머릿속에는 오직 한 사람에 대한 것으로 가득했다.

"혹시 중간에 만났다는 그 사람의 이름이 뭔지 아십니까?"

"글쎄요."

룬의 반응이 하도 이상하여 얼떨결에 대답했다.

"왜 그러세요? 혹시 아는 사람인가요?"

룬이 고개를 끄덕였다.

"그럼 그 자의 말이 모두 사실인 모양이군요."

"뭐라고 했습니까?"

이자벨리아는 월야가 했던 말을 간략하게 룬에게 하였다. 그러자 룬의 얼굴이 굳어지며 눈에 눈물이 약간 맺혔다.

평소 기쁜 것 외에는 감정의 변화를 잘 보이지 않던 룬이기에 그녀는 조금 당황스러웠다.

"그럼 그자가 정말 당신의 사부, 아니 사부의 사부가 되는 건가요?"

룬은 잠시 뜸을 들이다 고개를 끄덕였다. 그러는 게 여러모로 편할 것 같아서였다.

잭스가 사실 자신이고, 이 몸은 다른 사람의 것이다. 그러니 잭스의 제자가 아니라, 잭스 본인이다. 라는 설명은 너무 복잡한 것이었다.

룬이 고개를 끄덕이는 것을 본 이자벨리아가 놀란 얼굴을 했다.

"그런 줄 알았다면 그에게 룬님에 대해 이야기를 할 걸 그랬어요. 저는…."

"아닙니다. 잘 하셨습니다. 저와 한 약속을 지키려 하신 것 뿐인데 어찌 탓을 할 수 있겠습니까."

말을 그렇게 해도 룬의 얼굴에 애석함이 비춰 이자벨리아는 마음이 무거웠다.

마음먹기에 따라서 사제의 만남을 방해한 것과 진배없는 게 아닌가.

이자벨리아가 무거운 얼굴을 하자 룬이 도리어 환하게 웃었다.

"정말 괜찮습니다. 만약 사부에게 저에 대해 말했다면

우리 둘은 만났을 테지만 신디아님께 불신을 가졌을 겁니다. 또 비슷한 사람일 뿐 사부가 아닐 수도 있습니다. 아무튼 신디아님께서 무탈하게 있다는 것만으로도 저는 만족합니다."

그렇게 말을 하던 룬이 넌지시 묻는다.

"혹여 어디로 간다는 말은 없었습니까?"

"예. 마지막에 뜻 모를 말을 남기고 곧 바로 사라졌어요. 잭스라는 사람이 죽었다는 말을 듣고 분개한 것으로 보아 아마 복수를 하러 간 건 아닌가 하는 생각은 들지만 확신은 할 수 없어요."

"음…."

"놀라워요. 악명이 자자하던 흑마법사 잭스가 룬님의 스승이었다니… 그래서 그때 아틀란드가 왔을 때 그렇게 분개 한 것이군요. 이제 이해가가요."

"잭스는 흑마법사가 아닙니다."

본인을 제3자의 입장에서 말을 하니 조금 기분이 이상했다.

"그건 살인을 정당화하기 위한 제국의 술수일 뿐이죠. 이자벨리아님께서는 제가 흑마법사로 보이십니까?"

그녀는 생각해 볼 것도 없다는 듯 고개를 저었다.

"제국이라면 충분히 그런 만행을 저지르고도 남을 거예요."

말을 하던 이자벨리아가 돌연 어두운 얼굴을 했다.

"이런… 그럼 그때 잭스님의 죽음에 대해 그분에게 좀더 상세히 말할 걸 그랬어요. 아틀란드는 이미 죽었으니 복수를 할 필요는 없다고… 괜히 그분을 위험에 빠뜨린 건 아닌지 모르겠어요."

"사부는 아주 영악하여 아무리 이성을 잃어도 본인이 다치지 않는 선에서 움직이는 사람입니다. 아마 지금쯤이면 진위파악을 다 끝내고 슬슬 마실이나 다니고 있을지도 모릅니다."

룬의 반응을 보건데 그저 위안을 주려고 하는 빈말 같지는 않았다.

"아무튼 이만 저는 가봐야겠습니다. 더 이상 지체하다가는 의심을 받을 겁니다."

그때 이자벨리아의 룬의 옷소매를 붙잡았다.

"저도 데려가 주세요."

"……?"

"같이 가고 싶은 마음은 전에도 굴뚝같았어요. 그때는 방해만 될 것을 알기에 차마 말을 꺼낼 수 없었어요. 하지만 메지아의 힘을 받아 들였고, 이전과는 다른 제가 됐어요."

"음…."

룬이 곤란한 신음을 흘렸다.

이자벨리아의 변화는 진작 눈치 챘다. 그것에 대해 자세히 물어보고 싶었지만 그러지 않았다. 이야기를 하는 와중에 자연스레 이런 말이 나올 것 같아서였다.

"그럴 수 없습니다."

한 치의 틈도 없을 만큼 단호한 어투였다.

"왜죠?"

"그럼에도 여전히 도움이 되지 않기 때문입니다."

어설프게 돌려 말하는 것보다 직접적으로 말하는 편이 나을 거란 생각이 들었다.

물론 룬은 지금의 이자벨리아라면 도움이 될 거란 생각은 했다.

하지만 그런 의중은 조금도 내 비쳐서는 안 된다.

"말했듯이 저는 이제 달라졌어요. 분명 도움이 될 거에요."

"어떻게요? 힘을 얻었고 이전과는 다른 경지에 올랐지만 여전히 부족합니다."

"아니요."

"맞습니다."

"그럼 증명해 보이겠어요."

"어떻게요?"

"어떻게든지요."

"좋습니다. 그럼 제게 작은 상처 하나라도 내게 할 수 있다면 한 번 생각해보겠습니다."

"좋아요."

그녀가 검을 꺼내들었다. 검에서 은은한 불의 기운이 전해졌다.

그녀는 곧 룬을 공격해들어갔다. 검 끝에 망설임이 없었다. 마치 철천지원수를 대하는 듯 했다.

메지아의 힘을 받아들이면서 그녀의 안목 역시 트였다.

때문에 이제껏 보지 못한 룬의 진정한 경지가 느껴졌다.

아무리 죽을 힘을 다해 공격을 한들 룬을 부상당하게 만들 수 없다는 확신이 있었다.

하지만 작은 상처 하나라면 충분히 가능했다.

이자벨리아가 맹공을 펼침에도 룬은 단 한차례 유효타도 허용하지 않았다.

간혹 까다로운 공격엔 반격을 하며 무마시켰다.

이윽고 이자벨리아의 검이 더욱 붉게 달아올랐다.

몸이 달궈지자 자연스럽게 불의 기운이 나타나기 시작한 것이다.

'아직 제대로 갈무리가 되지 않았을 텐데 이런 발전이라니… 시간을 두었다면 더욱 강해지겠군.'

검 끝에 불의 기운은 점점 거세졌다. 이윽고 검의 경로 끝에 불꽃이 날아가는 지경이 되었다.

이건 이자벨리아역시 예상하지 못한 것이었다.

검을 휘두르다보니 거의 무아지경에 이르게 되었고 자연스럽게 발휘된 것이다. 이전에 월야에게 화염을 날렸을 때처럼.

룬은 갑작스런 화염에 피하기는 이미 늦었다고 판단했다.

하여 오러실드와 배리어로 막았다.

치이익.

그을린 소리가 났다.

이자벨리아는 화들짝 놀란 얼굴을 하고 있었다.

손에 사정을 둔건 아니지만 이런 공격까지 감행할 생각은 절대 아니었다.

"이제 증명이 된 것 같군요."

룬은 피어오르는 연기를 향해 손짓을 했다.

화염을 정통으로 맞았음에도 룬은 상처하나 없이 멀쩡했다.

이자벨리아는 룬이 무사하다는 안도감과, 실망감이 동시에 찾아왔다.

"저는 무사히 돌아올 겁니다. 혼자서도 말이죠. 그러니 저를 믿고 기다려주세요."

"……."

이자벨리아의 얼굴은 슬퍼보였다.

"알았어요. 당신은 제게 소중한 사람이에요. 비단 제 은인이기 때문만은 아니에요. 굳이 말하지 않아도 아실 거라 믿을게요. 그러니 반드시 살아 돌아오셔야 해요."

룬이 미소 지었다.

"그럼…."

룬은 평소처럼 아주 가볍게 인사를 했다. 결연에 찬 모습을 보여주기 싫었다.

그래서 그냥 아주 가벼운 마실을 나가듯 그렇게 안도시켜주고 싶었다.

"그럼…."

이자벨리아가 룬의 말을 되풀이했다. 그녀 역시 담담하게 룬을 보내주었다.

하지만 룬의 모습이 사라지자 주책없게 눈물 한 방울이 뺨을 타고 흘렀다.

룬은 곧장 접선지로 향했다. 그곳에 바르타인이 말하던 접선인이 기다리고 있었다.

"생각보다 늦으셨군요."

"길이 익숙지 않아서요."

접선인은 대수롭지 않게 고개를 끄덕였다.

"가시죠. 기다리고 계십니다."

접선인은 텔레포트게이트로 룬을 안내했다. 룬은 접선

인을 따라 게이트 위로 올라갔다.

적국 한가운데 텔레포트게이트라니…

제국의 무서움이 다시 한 번 느껴졌다.

'그래도 트린베니아가 마법에 조금만 더 능통했다면 이럴 수는 없었을 텐데….'

그렇게 생각하는 사이 텔레포트가 시전 되었다.

우웅.

빛과 함께 둘의 모습이 사라졌다.

다시 나타난 곳은 제국의 끝자락이었다.

"조금만 더 가면 텔레포트게이트가 나옵니다."

"그냥 도보로 가는 건 어떻습니까?"

접선인이 잠시간 룬의 의중을 파악하려 했다.

"그냥 구경을 좀 하고 싶어서요. 텔레포트만큼은 아니겠지만 부지런히 움직인다면 금방 도착할텐데요."

"제국은 르니에르왕국처럼 그리 좁은 곳이 아닙니다. 꽤 많은 시간이 걸릴 겁니다."

"……."

"일단 바르타인공작님께 이야기는 해보겠습니다."

접선인은 곧 수정구를 통해 바르타인공작에게 연락을 취했다.

잠시간 이야기를 나누던 접선인은 다시 룬에게 다가와 말했다.

"괜찮으시다고 합니다. 말을 타시겠습니까?"

"아니요. 걷는게 편합니다."

접선인이 조금 곤란한 얼굴을 했다.

"원하신다면 타십시오. 보조를 맞출 수 있습니다."

접선인이 조금 의심스런 표정을 지었다.

단거리라면 몰라도 장거리를 말의 보조를 맞추기란 여간 힘든 게 아니었다.

잘 단련된 기사라 할지라도 무리였다.

"좋습니다."

힘들면 알아서 말에 타겠다고 하겠지… 하고 그는 생각했다.

접선인은 마구간에 들려 말을 구해 출발했다. 룬이 그의 바로 옆을 따라갔다.

접선인은 룬이 말을 타지 않았다고 하여 사정을 봐주지 않았다.

달릴 수 있는 최대의 속력을 유지했다.

그런데 의외로 숨 하나 흐트러지지 않고 잘 따라왔다.

룬은 부지런히 발을 놀리면서도 접선인에게 궁금한 것들을 물어보았다.

그냥 말을 타고 달리는 것이 심심하던지 접선인 역시 퉁명스러운 척하면서도 룬의 물음에 제법 대답을 잘 해줬다.

이윽고 룬은 어느 마을을 지나게 되었다. 그런데 그 모습이 제국이라고는 믿을 수 없을 만큼 피폐했다.

"제국에도 이런 동네가 있을 줄은 몰랐군요."

과거 잭스시절 제국엔 몇 번 와본적이 있었다. 하지만 그때 다녔던 곳은 제국의 수도인 아르발탄이 전부였다.

아르발탄은 화려함의 극치인 곳이었다. 그런 곳과 지금 이 마을이 같은 국경안에 있다고는 믿을 수가 없었다.

"제국이라고 모든 곳이 호화로운 건 아닙니다. 외곽쪽의 사람들에게는 오히려 이런 모습이 더 익숙할 겁니다."

짤막한 대답 속에 많은 의미가 내포되어 있었다.

접선인의 말대로 처참한 광경은 꽤 자주 볼 수 있었다.

사람들이 굶어 죽어 시체가 그대로 길가에 있는가하면 다 쓰러져 가는 집에 빼곡이 사람들이 모여 있기도 했다.

지나갈 때마다 구걸을 하는 사람들을 심심찮게 보였다.

말이 지나가는 찰나의 순간을 놓치지 않고 구걸을 할 정도니 얼마나 절박한지 알 수 있었다.

어떤 사람은 너무 가까이 와 말에 치일 뻔까지 하였다.

하지만 그들은 그런 것을 별로 개의치 않아했다.

말에 치여 죽나 곧 굶어죽나 매한가지일테니까.

룬은 이 믿을 수 없는 상황에 대해 접선인에게 물었으니 그는 대답을 회피했다.

둘은 계속해서 달렸다. 도중에 말을 두 번이나 바꿨다.

룬은 여전히 두 발로 움직였다.

접선인은 혀를 내둘렀다.

정말이지 지독한 체력이었다.

그런데 가만 보니 룬은 뛰고 있던 것만은 아니었다.

이따금 발이 지면위에 살짝 떠 미끄러지듯 움직일 때도 있었다.

부지런히 움직인 덕에 어느새 제국의 중심지에 들어섰다.

그러자 분위기는 완전히 바뀌었다.

룬이 기억하고 있는, 그리고 대부분의 사람이 상상하던 호화스럽고 웅장한 제국의 모습이 나타났다.

건물들은 하나같이 우뚝 솟아 있고 사람들의 얼굴에는 활기가 넘쳤다.

"여기부터는 텔레포트게이트를 타고 가야할거 같습니다."

"알겠습니다."

사람이 워낙 많아 더 이상 빠르게 움직이기란 쉽지 않았다.

접선인은 그나마 조금 외곽 쪽으로 갔다. 그곳에 텔레포트게이트가 있었다.

르니에르왕국에서는 텔레포트게이트가 정말이지 드물었다.

그런데 제국에는 요충지는 물론 심심치 않게 텔레포트게이트를 볼 수 있었다.

접선인은 게이트에 올라타기 전에 거의 한 시간 동안 이런저런 절차를 밟았다.

바르타인공작과 직접적으로 닿아 있는 곳이기 때문에 까다로운 절차를 밟아야했다.

마침내 룬은 게이트 위에 올라섰다.

다시금 뿌연 빛과 함께 룬이 사라졌다.

❖

바르타인은 집무실에서 업무를 보다 엘리제오가 오는 것을 보고는 서류에서 눈을 뗐다.

"룬, 그자가 텔레포트게이트에 올랐다고 합니다."

"그거라면 알고 있습니다. 승인을 한 사람이 저이니까요."

"괜찮으시겠습니까?"

"무엇이 말입니까."

"아무래도 위험합니다. 그의 의중이 무엇인지 아시지 않습니까?"

처음에는 룬이 무슨 생각을 하는 지 고민을 한 적이 있었다.

하지만 스엣과의 대화를 통해 룬이 무슨 의도를 가지고 있는 지 확실하게 파악이 되었다.

"복수!? 나약한 자들이나 갖는 어리석은 마음이죠. 현명한 사람은 과거에 집착하지 않는 법입니다."

"어쩌면 안토에서 일을 벌였던 자가 그와 동일인물일 수도 있습니다. 마법과 검을 동시에 사용하는 것도 그렇고 정황상도 그렇고… 이미 트린베니아와 손을 잡았을 수도 있습니다."

"알려진 바로 룬님의 실력은 그에 미치지 못합니다. 또한 안토에서 그자 역시 심각한 부상을 당했다고 합니다. 죽었을 가능성도 높다고 하지요. 그러니 둘이 동일인물일 수는 없습니다."

바르타인이 여유로운 얼굴로 엘리제오를 본다.

"하지만. 만약 그렇다면 우리에게는 더 없이 좋은 일이지요. 역사상 존재하지 않았던 8서클의 마법사가 나에게 오는 것이니까요."

"……."

엘리제오는 어찌하여 바르타인이 수만은 의문을 가지고 있음에도 룬에게 이토록 관대한지 깨달았다.

제 5 장

전조

제 5 장
전조

게이트에 도착하자 양옆에 있던 경비병이 다가왔다.

그들은 이미 지시를 받았는지 간단하게 확인절차를 하고는 룬을 바르타인공작의 집무실로 데려갔다.

"오셨군요."

다리를 꼬고 앉아 있던 바르타인공작이 룬을 보자 자리에서 일어났다.

룬은 그를 보자 의외로 가슴이 차분했다.

수정구로 봤을 때 평정심을 유지하기 힘들었다.

하지만 실제로 보자 오히려 아무렇지 않게 느껴졌다.

룬은 가볍게 화답하고는 자리에 앉았다.

바르타인은 룬을 유심히 살폈다. 외관은 깨끗했다. 싸움의 흔적은 보이지 않았다.

"스엣은 어디에 있습니까?"

"그보다 안토에서 있었던 일에 대해 알고 있습니까?"

룬은 뜨끔했지만 짐짓 아무렇지 않은 척 했다.

"글쎄요."

"엄청난 일이 있었습니다. 수많은 제국의 병사들이 죽고 그들을 이끌던 첸젠님께서 사경을 헤매고 있습니다."

"그게 지금 우리 사이에 꼭 필요한 이야기인가요? 저는 스엣을 찾고 당신은 제 마나연공을 얻으면 되는 것으로 알고 있는데요?"

"목적을 정확히 알고 계시다니 일단 다행이군요. 저는 단지 확인을 좀 하고 싶은 겁니다."

"저를 의심하시는 겁니까?"

바르타인은 대답하지 않았다.

"심정은 이해가갑니다만 불쾌하군요. 아니, 첸젠같은 고수를 이긴 사람을 저라고 오해해주니 오히려 고맙다고 해야 하는 겁니까."

바르타인이 작게 미소 짓는다. 그 웃음의 의미가 무엇인지 깨닫는데 그리 오랜 시간이 필요치는 않았다.

"첸젠님께서는 가진바 실력에 비해 극히 알려지지 않으신 분인데, 고수라는 걸 알고 계시다니 놀랍군요."

"……."

룬은 아차 싶었다.

"정신이 온전치 않았을 때 잠깐 봤었죠."

룬의 대답에 이번엔 바르타인이 움찔했다.

"알려지지 않은 사람이라고 해서 누구도 만나지 않은 건 아니지 않겠습니까. 이번 정벌대에 수장으로 나섰다면 정신은 돌아온 모양이군요."

"당시 상황을 좀 더 자세히 말씀해 주시겠습니까? 아무리 생각해도 르니에르왕국에서 살아온 룬님이 첸젠님을 만났다는 건 도저히 이해할 수가 없군요. 두 나라가 쉽게 왕래할 수 있는 사이도 아니고 말이죠."

"제 개인적인 일까지 일일이 답해야 하는 겁니까?"

묘한 얼굴을 하고 있던 바르타인이 다시 여유롭게 미소를 짓는다.

"그렇죠. 그런 개인사까지 나눌 만큼 우리가 아직 친밀하지 않다는 걸 간과했군요."

끝이 묘하게 뒤틀려 있다.

"허나… 몇 가지에 대해서는 해명이 필요합니다. 트린베니아, 정확히 바르테오와 어떤 관계입니까? 협력을 한 사이입니까? 그에게 마나연공을 전수해 줬습니까? 혹여 령감옥에까지 영향을 준 건 아닙니까."

룬은 바르타인의 입에서 메지아가 거론 될 줄을 생각지도 못했던 터라 조금은 당황스러웠다.

"대답을 해야 합니까?"

룬에게서 나오는 적대감에도 바르타인은 여전히 여유를 잃지 않았다.

"저에 대해 오해하고 있다는 걸 잘 알고 있습니다. 정확히 월야님과 저와의 관계를 말이죠."

룬은 가시덩굴이 온몸을 휘감는 것 같았다.

바르타인에게 호의적으로 접근하기 위해 공개재판까지 벌이며 힘든 길을 돌아왔다.

그런데 그는 이미 가장 핵심적인 것을 파악하고 있었다.

룬은 몰래 마나를 끓어 올렸다. 여차하면 이 자리에서 바르타인을 죽일 것이다.

분명 그건 계획에는 없던 일이었다.

하지만 바르타인이 모든 상황을 알고 있던 것 역시 계획에 없던 일이고, 상황에 맞게 계획은 수정되어야 한다.

"그러니 설령 룬님께서 이곳에 어떤 의도를 가지고 왔든, 바르테오와 무슨 관계를 맺었든 저는 다 이해할 수 있습니다. 오해가 풀렸을 때 그런 것들은 충분히 과거의 일들이 될 수 있을테니까요."

"오해?"

룬이 코웃음 친다.

하지만 노골적이지는 않다.

"해명을 들어는 보죠."

바르타인은 월야와 있었던 일에 대해 설명했다.

스엣에게 했던 것과 동일한 내용이었다.

제3의 곳으로 가고 싶어 했던 건 월야 본인이었으며, 자신은 그것을 실행시켜 줬을 뿐이라는 것이다.

"그 말을 지금 믿으라는 겁니까?"

"이 세상에 월야님에게 강제적으로 무언가를 하게 만들 수 있는 사람이 존재할 거라 생각하십니까? 무엇보다 제3의 세계로의 이동은 본인이 특정한 절차를 밟지 않으면 안 되는 일입니다."

"……."

확실히 생각지 못했던 전개다.

룬은 이곳에 복수를 하기 위해 왔다.

월야에 대한 복수.

하지만 그 모든 게 월야의 의지였다면?

대체 무엇을 위한 복수란 말인가.

룬은 머리가 혼란스러웠다.

찰나의 순간이지만 바르타인은 룬의 벌어진 빈틈을 놓치지 않았다.

"정 믿을 수 없다면 그 현장을 보여드리지요."

바르타인은 자신있게 일어났다.

한 치의 거짓도 없는 것처럼 당당한 모습이었다.

"잠깐!"

룬은 머뭇거렸다.

이대로 바르타인손에 이끌려 간다면 아무 생각도 하지 못하고 수긍을 할 것만 같았다.

"스엣을 먼저 만나봐야겠습니다."

"그러는 편이 좋겠군요."

스엣은 이미 황궁으로 와 있는 상태였다. 그녀는 보통의 여자들이 입는 드레스를 입고 있었다. 겉모습만 본다면 포로가 아닌 손님으로 와 있는 것 같았다.

비단 옷과 같은 겉치레뿐이 아니었다. 얼굴은 깨끗했으며 속살을 볼 수는 없지만 상처의 흔적은 보이지 않았다.

"두 사람의 해후를 위해 저는 잠시 빠져 드리겠습니다."

심지어 바르타인은 룬과 스엣을 위해 자리까지 피해줬다.

10평 남짓의 작은 공간.

그러나 포로를 붙잡아 두는 곳과는 거리가 멀어 보였다.

스엣은 룬을 보자 왈칵 눈물을 쏟았다.

"괜찮아?"

룬이 그녀에게 다가 어깨를 빌려주었다.

시간이 지남에 따라 그녀의 눈물을 줄어들었다.

"바르타인공작에게 사부에 관한 이야기를 들었어. 어떻게 된 거야?"

"오래전 저와 함께 있던 것을 본 것을 기억하고 있었어요."

"그래서 사부와 너, 그리고 나의 관계를 알고 있었군."

"이곳엔 왜 오신 거예요."

조금의 책망이 담겨 있었다. 그러나 책망 속에 다른 의미가 있음을 어렵지 않게 느낄 수 있었다.

"구하러 왔지."

"어떻게요?"

"원수를 죽이고 무사히 탈출하는 거지."

이야기책을 읽어 주듯 담담한 어조였다.

"하지만 그는 내게 조금 혼란스러운 말을 했어."

"들으셨군요."

"사실이라고 생각해?"

"모르겠어요."

"너무 혼란스러워. 사부의 복수를 하기 위해 왔는데, 그 모든 게 사부의 뜻이었다니… 만약 사실이라면 우린 대체 무엇을 위해 달려온 걸까?"

"……."

스엣은 대답을 할 수가 없었다.

"어떻게 하실 생각이에요?"

"모르겠어. 하지만 너와 함께 이곳에 나가야 한다는 생각은 분명해."

스엣이 고개를 끄덕인다.

"일단 바르타인공작과 더 많은 이야기를 해봐야겠어. 그리고 확신이 들면 움직일 생각이야. 힘들겠지만 조금만 기다려줘."

"힘들지 않아요."

그녀가 웃으며 머리를 넘긴다.

그녀의 양손에 팔지 같은 것이 매여져 있었다.

마나의 흐름을 막는 마나블록이었다.

"다행히 나에 대해 호의적이야. 내 마나연공이 필요하다는 뜻이겠지. 웬만한 위험과 손해는 감수해서라도 말이야. 우리에게는 큰 기회야."

"저는 바르타인공작성의 별채에 있어요. 겉은 화려하게 치장했지만 족쇄가 채워져 있어 제 발로는 한발자국도 나갈 수 없어요. 기다리고 있을게요. 어떤 선택을 하든 오라버니를 응원할 거에요."

"고마워. 더 있고 싶지만 이만 가볼게. 루텐영지로 돌아간다면 원 없이 볼 수 있을 테니까 너무 서운해 하지마."

"잘가요."

그녀는 씩씩하게 손을 흔들었다.

"생각보다 일찍 나오셨군요."

밖에 나가자 바르타인공작이 맞이했다. 동시에 경비병

둘이 문 앞을 막아섰다.

화려한 드레스를 입었다고 하여 스엣이 공주인 것은 아니었다.

"드레스를 보셨습니까? 레이디의 품격을 높여주는 드레스죠. 유명한 디자이너에게 특별히 부탁을 한 겁니다."

"쓸데없는 짓을 하셨군요."

"손님이라는 것을 보여드리고 싶었으니까요. 그게 제 마음이기도 하고요."

룬은 문 앞을 막고 서 있는 경비병을 힐끔 거렸다.

"물론 손님이 조금 난폭하여 약간의 조취를 취하기는 했지만 말이죠."

룬은 기분이 불편했다. 이중적인 바르타인공작의 태도가 마음에 들지 않았다.

하지만 겉으로는 전혀 그런 티를 내지 않았다.

"이쪽으로 오시겠습니까?"

바르타인은 룬을 어디론가 끌고 갔다. 음산한 기운이 도는 밀실이었는데 마법의 흔적이 보이는 곳이었다.

"이곳이 월야님과 마지막 작별을 했던 곳입니다. 저곳에 열두명의 마법사가 자리하고 월야님은 그들에게 사해를 받아야합니다. 그 과정이 지속되면 마침내 마법진이 발동하는 것이지요."

룬에게 그런 말을 하는 의도는 분명했다.

월야가 제3의곳으로 간 것이, 강제가 아닌 본인의 의도라는 것을 강조하기 위함이다.

바르타인공작의 설명만 듣자면 월야가 본인의 뜻으로 사라진 것은 부정할 수가 없어 보였다.

하지만 이는 어디까지나 바르타인의 입에서 나온 말일 뿐이다.

믿을 만한 근거는 없다. 바르타인 정도의 계략가라면 얼마든지 거짓을 꾸며낼 수도 있는 것이다.

하지만 룬의 반응은 속내와는 완전히 달랐다.

"이렇게 친히 오해를 풀어주시니 한결 마음이 가볍군요. 허나 공작님께서도 뭔가를 오해하고 계시군요."

"……?"

"저는 공작님의 생각처럼 불순한 의도를 가지고 이곳에 온 것이 아닙니다. 오히려 그 반대입니다. 사부는 분명 제게 은인입니다. 하지만 현실을 부정할 만큼 저는 어리석지 않습니다. 제게 찾아온 기회를 날려버릴 만큼 바보는 아니라는 뜻입니다."

"그렇습니까? 저에 대한 적대감을 숨기지 않아 오해를 한 모양이군요."

"그것은 사부에 대한 죄책감과 스엣을 납치한 것에 대한 분노입니다. 하지만 사부가 본인의 의지로 사라졌으며, 스엣 역시 귀중한 대접을 받고 있었으니 죄책감도, 분노도 이젠 없습니다."

바르타인이 만족스러운 듯 웃었다.

"더불어 바르테오님과 저는 아무런 연관도 없습니다. 물론 그분께서 저를 찾아오신 건 맞습니다. 이유는 공작님과 비슷합니다. 사실 저는 두 분 사이에서 저울질을 하고 있었습니다."

바르타인이 흥미로운 얼굴로 룬의 이야기를 듣고 있다.

"그래서, 그 저울은 어디로 기울었습니까?"

"제가 있는 바로 이곳입니다."

바르타인이 만족스러운 듯 웃었다.

"그럼 이제 공작님께서 제게 무엇을 줄 수 있는지 말하실 차례 같군요. 단도직입적으로 말하겠습니다. 제게 무엇을 주실 수 있습니까."

"원하는 그 무엇이든."

룬이 씨익 웃는다. 그 웃음에 탐욕이 득실거린다.

"백작의 작위와 영지를 주십시오."

작위를 수여하고 영지를 하사하는 것은 황제의 고유 권한이다.

그럼에도 바르타인의 대답에는 일절 망설임이 없었다.

"어디를 원하십니까?"

"엔스영토를 원합니다."

엔스는 수도와 제법 멀리 떨어진 곳이다. 중심지는 아니라는 뜻이다. 현재까지 룬의 행실로 봤을 때 조금 의아한 선택이었다.

하지만 엔스는 수도와 멀리 떨어져 있을 뿐 넓고 비옥하다.

요석을 차지하지는 않지만 아무런 간섭 없이 그곳에서 왕처럼 살겠다는 뜻이리라.

바르타인은 룬의 의중을 그렇게 파악했다.

"좋습니다."

"그리고 하나 더."

말 해보라는 듯 바르타인이 룬을 본다.

"제 신원에 대해서는 철저히 비밀로 해주셔야 합니다. 그림자처럼 아예 모습을 아예 드러내지 않으면 더 좋고요."

"그것 굳이 말하지 않아도 응당 그리할 겁니다. 르니에르에 있는 자들이 걱정 되시는 겁니까?"

룬은 부정하지 않았다.

"이 참에 아예 그들을 이곳으로 데리고 오는 건 어떻습니까?"

언뜻 호의로 보이지만 속내는 따로 있었다.

룬의 마나연공을 전수받은 토르기사단이 그곳에 있기 때문이다.

후환을 만들지 않겠다는 심산인 것이다.

"꼬리가 길면 밟히지 않겠습니다. 르니에르왕국의 룬남작은 며칠 후 어느 산속에 시체가 되어 발견될 겁니다. 물론 몸이 불에 모두 타 신원을 확인할 방법은 없을 겁니다. 그것이 더 깔끔하지 않겠습니까?"

물론 룬은 그러한 조치를 전혀 취해 놓지 않았다.

그저 바르타인을 속이기 위함일 뿐이었다.

"알겠습니다."

대답을 하는 바르타인의 얼굴에 스치듯 살기가 어린다.

어떻게 해서든 토르기사단만은 제거하겠다는 뜻이리라.

"연공 전수를 위해 따로 준비할 것이 있습니까?"

룬이 고개를 저었다.

"그럼 제 쪽에서만 준비를 끝내면 되겠군요. 그럼 그때까지 제 성에서 머무는 것으로 하세요."

룬은 게이트를 타고 바르타인공작성으로 갔다.

-아주 재밌는 일을 꾸미셨더군요.

수정구를 통해 바르타인의 목소리가 들려온다.

하지만 융커는 뱃속이 타들어가는 고통에 제대로 들을 수가 없었다.

─주인을 무는 개에게 자비를 베푸는 성격은 아니지만,
왜 그랬는지 이유는 들어보겠습니다.

융커는 타들어가는 고통 속에서도 입을 열었다.

바르타인은 모든 걸 알고 있었다.

룬과 결탁하여 그를 속인 것을.

그럼에도 당장 손을 쓰지 않는 건 아직 자신이 필요하기
때문이리라.

상황이 이렇게 된 건 지랄 맞지만 일단 살아야했다.

융커는 룬과 있었던 일을 모두 털어 놓았다.

이야기를 듣던 바르타인이 크게 웃었다.

─어리석군요. 설마 그자의 말을 믿었단 말입니까?

"그… 그럼?"

융커는 당시 상황을 떠올렸다.

그때 그는 극심한 고통에 휩싸여 있었다.

제대로 된 판단을 할 수 없는 상태였다.

게다가 형용할 수 없는 대마법사였다.

'설마 환영마법!?'

융커는 탁자를 내리쳤다.

속았다.

그것도 완벽하게.

─지금 하루치 양이 배달될 겁니다. 일단 그 다음 이야기
를 다시 하도록 하죠.

융커는 결계를 모두 없앴다. 잠시 후 복면을 쓴 누군가 들어와 약을 건넸다.

융커는 허겁지겁 약을 먹었다. 타들어가던 고통이 잠잠해졌다.

만약 바르타인이 모든 걸 간파하지 못했더라면….

마냥 룬을 믿고 기다리다 죽음을 면치 못했으리라.

처음에는 룬의 손에 놀아난 자신이 한심했다.

그 마음이 분노로 뒤바뀌는 건 오래지 않았다.

─융커님께서 살 수 있는 방법은 단 한 가지뿐입니다.

기회를 주겠다는 말이다.

융커는 세차게 고개를 끄덕였다.

바르타인은 융커에게 새로운 지령을 내렸다.

융커는 이 소중한 기회를 절대 놓쳐서는 안 된다고 마음먹었다.

❖

룬은 배정받은 거처에 누워 바르타인이 한 말을 생각하였다.

하지만 생각은 오래지 않았다.

설령 바르타인공작의 말이 모두 맞다고 해도 달라지는 것은 없다.

그는 융커를 조종하여 자신을 곤란하게 만들었다. 그 덕에 토르기사단을 비롯한 베르난도백작가가 멸문할 뻔했다. 또한 손님이라는 그럴듯한 명목을 내세우지만 스엣을 납치한 사실은 변함이 없다.

그것만으로 복수의 근거는 충분했다.

하지만 쉽지는 않은 일이었다. 이곳은 제국의 중심지고 그는 공작이었다.

그를 죽인다면 그 여파는 이로 말할 수 없으리라.

최대한 은밀하게 처리해야한다.

'일단 바르타인공작이 나를 완전히 믿게 해야 돼. 그런 다음 완전히 방심을 할 때… 그때를 노려야 돼.'

룬은 스엣을 찾아갔다. 그녀 역시 바르타인공작성에 머물렀다.

룬과 다른 점이 있다면 마나블럭이 채워져 있으며 경비병이 항시 지키고 있다는 점이었다.

따지고 보면 그녀는 룬을 대신해 묶여 있는 셈이었다.

룬은 바르타인공작의 허락을 얻어 스엣을 만날 수 있었다.

두 번째라 그런지 태도가 이전보다 차분했다.

룬은 적당히 안부를 물은 다음 본론을 꺼냈다.

룬의 이야기를 들은 스엣이 고개를 끄덕였다.

"그러니까 바르타인공작을 속이기 위해 협력하는 모습

을 보이라는 거죠?"

"그래. 그래야 의심을 거둘 테고 자유로운 몸이 될 수 있을 테니까."

"갑자기 달라진 태도를 보이면 의심을 할지 몰라요."

"그렇지만 계속 적대감을 보인다면 그건 더 문제가 될 거야. 크게 두 가지만 보여주면 돼. 사부와 관련하여 바르타인공작의 말을 믿고 있다는 점. 사부와의 일을 제외하고는 아무런 유감도 없다는 점. 그것만으로 갑작스럽게 달라진 태도에 어느 정도 신뢰를 부여 해줄거야."

"알았어요."

"마음 단단히 먹어. 험난한 여정이 될 거야."

스엣을 만나고온 룬은 다시 거처로 갔다.

다음 날, 룬은 바르타인공작의 호출에 따라 밀실로 갔다.

밀실에는 복면을 쓴 세 명의 인물이 있었다.

하나같이 눈빛이 살벌했다.

"당신을 위해 준비한 자들입니다."

백명의 사내들이 어딘지도 모르는 곳에 끌려 온다.

그리고 마지막날. 서로 죽이고, 죽여 마지막 남은 세명만 살아남는다.

그 세명이 바로 이들이었다.

룬이 그들을 훑었다. 특별히 배운 것이 없기에 기본조차 제대로 갖춰지지 않았지만 하나같이 기도가 남다르다.

어제까지 같이 밥을 먹던 동료를 죽이고 오늘 살아남은 자들이다.

평범.

애초에 거리가 멀었다.

"한 달이면 누구라도 원하는 재목이 되어 있을 겁니다."

룬이 자신있게 말했다.

"한달이라…."

대답을 하는 바르타인의 음성이 썩 유쾌하지만은 않다.

"토르기사단같은 경우 기본적인 수련이 되어 있는 상태에다, 속성으로 전수해 줬기 때문에 기간이 짧았던 겁니다. 이들에게도 속성으로 전수해 주면 토르기사단만큼은 아니지만 시간이 많이 단축 될 겁니다. 그렇게 하시…."

"아니, 할 수 있는 한 제대로 해주십시오. 기간은 상관 없습니다."

비록 토르기사단보다 긴 시간이기는 하지만 한 달이다.

보통 마나유저에 들어서는 데 드는 시간은 십년이 넘는다.

조금 늦은 것에 일말의 아쉬움도 가질 필요 없었다.

"그럼 바로 시작하도록 하죠."

룬은 복면인 중 하나에게 가부좌를 시켰다. 익숙하지 않은 자세라 어정쩡하게 앉았다.

룬은 그의 등에 손을 갔다 댔다. 그리고 마나를 불어넣어 마나의 길을 개척했다. 과정만 보면 토르기사단에게 한 것과 동일해 보였다.

하지만 가장 큰 차이점이 있었다.

마나의 길은 사부가 말하길 소주천이라 했다.

토르기사단에게는 이 소주천을 정방향으로 움직였다면, 이들에게는 반대방향으로 움직였다.

처음에는 가시적인 성과가 나오겠지만, 연공을 하다보면 도리어 마나가 쌓이는 게 아니라 흩어지게 되는 것이다.

물론 이러한 사실을 이들을 비롯해, 바르타인공작은 알리 없었다.

룬은 나머지 두 명에게도 똑같은 방법을 취했다.

"다 됐습니다."

"이게 끝입니까?"

"예."

바르타인이 의심스러운 듯 룬과 복면인들을 봤다.

룬은 허공에 실드를 일으켰다. 희미한 막이 공중에 생겨났다.

일부러 눈으로도 볼 수 있게끔 시각적인 효과도 덧씌웠다.

"실드입니다. 비록 1써클 마법이지만 보통의 사람이라면 뚫을 수 없습니다."

룬이 복면인 하나를 가리켰다.

"베어보십시오."

복면인이 바르타인의 눈치를 살폈다.

바르타인이 고개를 끄덕이자 마침내 그가 검을 휘둘렀다.

실체하는 물건이 갈라지는 효과음은 나지 않았지만 실드는 종잇장처럼 찢어졌다.

룬이 바르타인을 보았다.

바르타인은 고개를 끄덕이고 있었다.

"이 과정을 앞으로 지속하다보면 스스로 마나를 느끼고, 다룰 수도 있게 됩니다. 그럼 공작님께서 원하는 마나 유저가 탄생하게 되는 것이죠."

백문이 불여일견이라 했다.

직접 성과를 본 바르타인은 아주 만족스러운 얼굴을 하였다.

"좋군요. 그리고 내일부터는 폴센님이 함께할 겁니다."

폴센.

제국의 수석마법사다. 그가 참여하여 하는 이유는 뻔하다.

연공이 제대로 되고 있는지 지켜보겠다는 뜻이리라.

그가 개입하는 것은 껄끄러운 일이다. 수준 높은 마법사인 만큼 자칫 의중이 탄로 날 수도 있었다.

'아니, 아무리 수준 높은 마법사라도 사부의 마나연공을 파헤칠 수는 없을 거야.'

거절할 명분이 없는 것도 사실이었다. 거절을 한다면 의심을 받을 테니까.

"알겠습니다. 명성이 자자하기에 뵙고 싶었는 데 잘 됐군요."

"그렇습니까?"

바르타인이 웃으며 대답했다.

그의 웃음은 묘했다.

겉으로 보기에는 마냥 사람 좋은 미소지만 도통 그 속내를 알 수가 없었다.

"당신들은 이만 나가계십시오."

바르타인의 명령에 따라 복면인이 밀실을 떠났다.

"무슨 할 말이라도…?"

"저보다는 룬님께서 하실 말이 있는 거 같아서요."

대단한 눈썰미였다. 그의 말마따나 룬은 그에게 하고 싶은 말이 있었다.

룬은 잠시 망설였으나 이내 입을 열었다.

"스엣을 풀어주십시오."

"풀어준다라… 어감이 좋지 않군요. 그녀는 엄연한 손님입니다."

"이야기를 나누었고 협력한다는 것에 동의하였습니다.

더 이상 불편을 감수해야 될 이유는 없지 않겠습니까?"

"그 전에 제 부탁 먼저 들어주시겠습니까?"

바르타인은 습관적으로 오른쪽 머리를 쓸어 넘겼다.

"마나연공의 원리를 제게 알려주십시오."

"그건 안 됩니다."

대답은 일말의 망설임도 없이 나왔다.

"알겠습니다. 그리고 스엣양에 대해서는 너무 걱정하지
마세요. 최고급 요리사가 항시 음식을 대접해주고, 눈치
빠른 하녀가 보필을 하니, 무릉도원이 따로 없을 겁니다."

겉도는 대답이었으나 바르타인의 뜻은 분명해 보였다.

마나연공의 완전히 본인의 것으로 만들어, 더 이상 룬의
존재가 필요 없어진다면, 그때 스엣을 풀어주겠다는 것이
리라.

다시 말 해 그것은 바르타인이 원하는 만큼 충분한 수의
마나유저가 만들어지기 전까지는 스엣을 풀어주지 않겠다
는 뜻이기도 했다.

❖

룬이 바르타인공작성에 온 지도 일주일이 지났다.

그 동안 세 명의 복면인에게 꾸준히 마나연공을 시켜주
었다.

그 결과 그들의 수준은 스스로 연공을 할 정도는 아니지만 처음보다 몰라지게 달라져 있었다.

첫날 이후에는 바르타인의 말대로 폴센이 연공에 참여하였다.

그렇다고 딱히 다른 역할이 있는 건 아니었다.

그저 룬이 연공을 하는 것을 지켜보고 복면인들을 체크해주는 것이 전부였다.

"어떻습니까?"

바르타인의 얼굴은 기대에 찼으나, 어울리지 않게 약간은 초조한 듯 보였다.

"확실히 몸속에 마나가 느껴지는 군요. 단순한 눈속임이 아닌 건 분명합니다."

폴센의 대답이 있고 나서야 바르타인은 초조함을 거두었다.

폴센은 복면인을 더욱 면밀히 살펴보았다.

불과 일주일만에 마나의 기운이 제법 뚜렷해졌다.

봐도 믿기 힘든 일이었다.

폴센에게 확인을 받은 바르타인은 복면인을 물리쳤다.

"과연 대제의 마나연공입니다. 상식을 벗어나는 것임에는 틀림없습니다."

폴센의 얼굴은 개구쟁이 어린아이처럼 호기심 가득했다.

"다음부터는 연구실에서 연공을 진행했으면 좋을거같군요."

폴센은 자신의 연구실이 누구를 들이는 것을 몹시 싫어하는 사람이었다.

그런 그가 스스로 연구실에 룬을 들이겠다는 건 마나연공에 대해 굉장한 호기심을 가지고 있다는 반증이었다.

그리고 호기심이 크면 클수록 무언가를 얻을 가능성이 높다는 건 굳이 폴센에게만 해당되는 사항은 아니었다.

"그러하시겠습니까? 그럼 그렇게 일러두도록 하겠습니다."

바르타인은 만족한 얼굴로 연구실을 나갔다.

바르타인이 나가자 폴센은 연구실에서 구리로 만든 상자를 꺼냈다.

그곳에는 특이한 모양의 파리 한 마리가 있었다.

일명 플라이비전. 마나를 부여해 시야를 보여주는 마법이었다.

첸젠과 룬이 혈투를 벌일 당시.

그보다 먼저 은밀하게 숨어들어 풀어 놓은 것이다. 마나블록이 이중으로 설치되어 있지만 상관없었다.

마나블록을 개발한 사람이 다름 아닌 폴센이었다. 마나블록의 영향을 피하는 것은 일도 아니었다.

폴센은 플라이비전을 수정구에 연결했다.

수정구에는 의문의 사내와 첸젠이 싸우는 장면이 고스란히 담겨 있었다.

하지만 헬파이어가 발현되는 장면은 끝까지 담을 수 없었다.

이상기운을 느낀 폴센이 미리 플라이비전을 거두어 들였기 때문이다.

"바르타인공작, 당신만 대제의 연공을 찾은 건 아니라오."

❖

룬은 호기심 가득한 얼굴로 연신 주변을 두리번거렸다. 검사에게는 무기점이, 탐험가에게는 던전이, 여인에게는 옷가게가 흥미를 돋구는 곳이라면 룬에게는 이곳이 그랬다.

"아스파란, 헤밀, 아마렌을 섞어 만든 것이군요."

룬은 시약병의 뚜껑을 연 다음 냄새를 맡으며 말했다.

"마나를 회복시켜주는 데 더 없이 좋은 포션이지."

폴센의 얼굴은 마치 왕성한 손자를 보듯 인자했다.

"여기에 곰의 쓸개와, 트롤의 간, 바실리스크의 뿔을 섞으면 영구적으로 마나를 증진시켜주는 효과를 볼 수 있습니다. 물론 효과가 뛰어난 만큼 받아들이지 못하면 큰 화를 볼 테지만요."

"그런가?"

폴센은 대답을 하며 룬이 머릿속으로 룬이 말한 재료들을 혼합해 보았다.

실제로 이루어지는 작업이 아니기에 추상적이기는 했지만 느낌상으로는 룬이 말한 대로였다.

"넘치는 효능을 트롤의 간이 어느 정도 억제를 해주는 모양이군."

"예. 만약 그게 없다면 그냥 독극물이 될 겁니다."

"끌끌. 자네는 나이도 많지 않은 것 같은데 재료의 하나하나의 효능까지 꿰뚫고 있구만."

폴센이 만족스럽게 웃었다.

"이건 어떤가? 현재 연구 중인 놈인데 완성만 되면 몬스터계에 새로운 패러다임이 될 거야."

여러 몬스터들을 혼합해 놓은 모양새였다. 이음새가 정갈한 것이 한 두번 해본 솜씨가 아니었다.

가까이 다가가니 코를 자극하는 약품냄새가 진동했다.

"키메라군요."

"오오, 키메라를 알고 있나."

"예."

룬은 담담하게 대답했다.

키메라는 주로 흑마법사들이 여러 몬스터들을 혼합하여 만들어낸 생물이었다.

때문에 인식이 매우 좋지 않았다.

하지만 룬은 흑마법사라는 오명을 받아서가 아니라 키메라에 대한 인식이 나쁘지 않았다.

"키메라인걸 알면 보통 사람들은 기겁을 하는 데 자네는 아니군."

"세상은 이것보다 훨씬 혐오스러운 일이 일어나고 있죠. 딱히 비난하고 싶은 마음은 없습니다. 무엇보다 마법사는 지적 능력을 끊임없이 충족시켜 나가는 사람들 아닙니까."

폴센이 만족스러운 듯 웃었다.

그는 룬을 데리고 연구실 이곳저곳을 다녔다.

룬은 왜 이러나 싶으면서도 호기심이 동하는지라 군말없이 따라다녔다.

이따금 질문을 하거나 하면 소신껏 대답을 하였다.

연구실 구석구석을 다 돌아본 다음 마침내 폴센은 결심을 내린 듯 룬에게 한 마디 했다.

"자네, 내 제자가 될 생각은 없나?"

"그게 무슨 소립니까?"

"못 알아 들었나?"

"그건 아닙니다만 너무 뜬금이 없어서…."

"그래서, 싫은가?"

"예."

대답은 별다른 고민 없이 나왔다.

"왜?"

"싫으니까요."

"나에게 배울 게 없다고 생각하는군?"

주된 이유는 아니지만 아주 아닌 것도 아니기에 룬은 대답하지 않았다.

"좋아, 내가 변변치 않아 존경심이 생기지 않은 걸 어찌 자네를 탓하겠는가. 하지만 그래도 해야 할걸?"

"왜 그래야 합니까?"

"이유를 물어보는 걸 보니 납득할만한 답을 내놓으면 제자로 들어오겠다는 뜻이겠군?"

능글능글한 것이 어째 사부의 모습이 떠오르기도 했다.

"좋아. 이유를 말해주지. 내 제자가 되면 자네의 생각을 바르타인공작에게 말하지 않겠네."

"제가 무슨 생각을 하고 있다고 그러십니까?"

"속에 들어간 것도 아니고 정확이야 나야 모르지. 하지만 다른 꿍꿍이가 있다는 것 정도는 알고 있지."

"다른 꿍꿍이요?"

"둘 사이의 이해관계에 대해 알고 있네."

"그거라면 오해는 이미 풀었습니다."

"그래? 그럼 실험대상들에게는 왜 장난을 쳤나?"

"……"

"속내를 들키면 놀랄 만도 할 텐데 제법 잘 참는군. 얼굴은 별로 그렇지 않은 데 속은 아주 능구렁이나 다름없어. 물론 곰보다는 여우가 더 재미있고 좋지만…."

폴센의 이죽거림에도 룬은 짐짓 아무렇지 않은 채했다.

"무슨 소리를 하는지 모르겠군요."

"나도 알고 있는 걸 자네가 모를까? 내가 말해줄까? 당장은 가시적인 성과가 나올지 모르지만 장기적으로 보면 아니야. 정확히 무슨 수를 쓴 건지는 알 수 없으나 분명한 건 반대의 흐름으로 가고 있다는 것이지."

"……."

"당장 눈속임을 한 다음 뒤로 다른 일을 벌이려는 거 아닌가? 내 말이 맞지? 아니라면 말을 해보게."

"제 마나연공에 관해서는 제가 전문가입니다. 아무리 폴센님께서 제국의 수석마법사라할 지라도 함부로 판단할 수 있는 게 아닙니다."

"그래? 그래도 나는 바르타인공작에게 자네의 마나연공이 성공적으로 진행되고 있는지 파악해 달라는 부탁을 받았네. 자네는 아니라고 하지만 나는 납득을 할 수 없으니 다음에 만날 때는 잘 못 됐다고 말할 거네. 바르타인공작이 과연 자네의 말을 믿어 줄까, 내 말을 더 신뢰할까?"

룬과 바르타인은 줄다리기를 하고 있는 상황이다.

당장은 같은 이해관계를 가지고 움직이는 것 같지만 반대방향으로 힘을 쓰고 있는 것이다.

그런 가운데 룬의 말보다 폴센의 말에 더 귀를 귀울일 것임은 자명한 일이었다.

"제게 원하는 게 뭡니까?"

"말했지 않나, 제자가 되어 달라고."

"폴센님의 제자가 되기 달려드는 사람이 수백 명은 된다고 들었습니다만."

"그렇지만 탐나는 사람은 아무도 없어. 그런 이야기를 하는 걸 보니 자백을 한 것이로군."

"아니요. 그저 폴센님의 의중이 궁굼해서 물어본 것일 뿐입니다."

"흘흘."

폴센이 이상한 웃음을 흘리더니 초록색담요가 덮힌 침대로 갔다.

"이곳에 얼마 전까지 첸젠이 치료를 받았네. 난 그가 별로 마음에 들지 않아. 목적을 위해 수단과 방법을 가리지 않기 때문이지. 그럼에도 난 그를 살렸네. 왜? 제국에 꼭 필요한 사람이기 때문이지."

"제가 듣기로 폴센님께서는 나라가 어떻게 되든 말든 신경도 쓰지 않는 분이라고 하던데요."

"클클. 맞는 말이야. 사실 난 이 나라에 그리 큰 애정이 없어. 도리어 잘 못 되었다고 생각하지. 자네도 봤다면 알 겠지만 중심지를 제외하고 백성들은 가난에 허덕이며 근 근이 하루하루를 버티고 있네. 중앙 귀족들은 배불리 먹고 마시고 놀 동안 말이지. 나라가 이 꼴이 난 데는 황제와, 바르타인공작의 탓이 제일 크지."

"그런데 왜 그를 돕는 겁니까?"

"그럼에도 필요한 사람이기 때문이야. 그가 없다면 가 난에 허덕이는 백성들은 노예가 되고, 여자들은 성적 노리 개로 전락할 테니까."

룬은 폴센의 말에 중요한 정보가 빠져있다고 생각했다.

"남대륙에 대해 알고 있나?"

"자세히는 모릅니다."

"그래도 남대륙이 가진 무위에 대해서는 알고 있을 테지?"

"예. 그곳에는 하나하나가 뛰어난 검사라는 것 정도는 알고 있습니다."

"게다가 그들은 호전적이며 자신들 이외에는 무조건 파 괴하려는 성향이 있지. 만약 그들에게 우리 대륙으로 올 수 있는 기술이 있다면 어떻게 되겠는가?"

룬은 대답을 하지 않았다. 모르는 게 아니라 그만큼 뻔 한 것이었다.

호전적인 남대륙이 북대륙을 침공하지 않은 단 하나의 이유는 기술의 부족이었다.

"엘프와 드워프간의 분쟁으로, 드워프들이 남대륙으로 쫓겨 간 것은 알고 있나?"

"예."

"드워프들은 그때의 앙금으로 북침을 계획하고 있네. 바로 남대륙의 인간들과 함께. 남대륙 사람들은 부족한 기술을, 드워프들은 부족한 힘을 서로에게 보조해주는거지."

"한동안 조용히 지내던 제국이 움직이기 시작한 건 그런 이유 때문이군요."

"맞아. 주변국들은 부정하겠지만 그 동안 제국이 가만히 있었던 건 군이 움직일 실익이 없었기 때문이지."

"남대륙이 움직인다면 르니에르왕국이 가장 큰 요충지가 되겠군요."

"그래서 트린베니아와 르니에르왕국에 특히 집착을 하는 거지."

룬은 그 동안 가지고 있던 공교로운 점들이 이제 이해가 되었다.

특히 모든 걸 가진 바르타인이 마나연공에 집착하는 이유가 명확해졌다.

그는 마나연공을 통해 기사들을 양성하고, 그리하여 남대륙의 침입을 막으려는 것이었다.

"내가 왜 바르타인공작을 돕는지 이제 알겠나? 결코 좋아서가 아니네. 어쩔 수 없어서지. 자, 그러니 이제 자네가 내 제자가 돼야 하는 이유를 알겠나?"

"……."

룬은 폴센의 이야기를 상기했다. 많은 이야기가 오갔지만 그 중에 제자가 되는 이유에 대한 것은 없었다.

"이런… 머리가 비상하다고 들었는데 과장된 모양이군. 내가 이런 이야기를 왜 자네에게 했을 거 같나?"

사실 그건 룬도 궁금했다.

폴센은 엄연히 제국의 사람이었고, 방금 한 내용들은 대외비에 해당하는 것들이었다.

그런 중요한 정보를 처음 본 룬에게 하는 건 상식적으로 이해하기 힘든 일이었다.

"바르타인공작은 현 시점에 꼭 필요한 사람이야. 만약 그가 무너진다고 생각해보게. 이 나라는 큰 혼란에 빠지고 말거야. 눈치만 보고 있던 귀족들이 들고 일어나겠지. 다시 분란의시대가 되는 거야."

현재 제국은 다섯 개의 행정구역으로 이루어져 있다.

제일 중심에 황제가 있고, 그 밑에 왕과 공작들이 구역별로 통치를 하고 있었다.

완벽히 하나의 나라는 아닌 셈이었다.

그런 와중에 구심점이 무너진다면 다른 어느 나라보다 파급력이 클 것이다.

"북대륙 전체가 똘똘 뭉쳐도 남대륙을 막을 수 없는 데 분란이 일어난다면 어떻겠나? 그들이 언제 우리 대륙을 통일할지 내기를 해야 할 상황이 오는 거지."

"그것과 제가 제자가 되는 게 무슨 상관이…."

"이렇게 멍청해서야. 그럼 계속 들어보게. 말 했듯 바르타인공작은 현재 꼭 필요한 사람이야. 하지만 만약 제국이 온 대륙을 재패하고 남대륙의 침략까지 막으면 어떻게 되겠나? 온 세상이 황제와 그의 손에 것이 되겠지. 그럼 폭정은 더욱 심해질 것이며 세상은 이전보다 오히려 더 혼란스러워 질 수도 있어."

"그래서 새로운 구심점이 필요하다는 이 말이십니까?"

"그래. 이제야 좀 말이 통하는군."

"그게 설마 저라는 겁니까?"

"당연한 걸 계속 물어볼 텐가?"

"……."

룬은 차라리 폴센이 아주 못 되고 비이성적인 사람이었으면 좋겠다고 생각했다.

그럼 그의 허무맹랑한 말을 깨끗이 무시할 수 있었을 테니 말이다.

"왜 저입니까?"

"자네가 바르틴대제의 마나연공을 익히고 있기 때문이지."

"그럼 폴센님께서는 저를 등에 업으시려는 생각이었던 겁니까?"

"땍! 나를 고작 그런 사람으로 보다니."

폴센이 화가 났는지 콧김을 흥흥거렸다.

"오히려 그 반대야. 바르텐대제의 후예. 누구도 거들떠 보지 않던 폴센이 유일하게 거둔 제자. 거기에 하나가 더 있다면 사람들의 마음을 사로잡을 수 있지."

"그게 뭡니까?"

"역사상 한 번도 모습을 드러내지 않던 8써클 대마법사 의 출현."

룬은 화들짝 놀랐다.

단순히 8써클의 경지가 불가능한 것이기 때문은 아니었 다.

폴센의 태도로 볼 때 첸젠과 격전을 벌인 것 을 눈치 채 고 있는 모양이었다.

룬은 어떻게든 변명을 해야 한다고 생각했다.

그때 수정구를 룬에게 보여주었다.

수정구안에는 두 사람이 격전을 벌이고 있었다.

"내가 갑자기 이러는 거 같나? 누구만큼이나 나도 아주 오랫동안 여러 방면으로 자네를 지켜봤네."

룬은 잠시간 어떻게 해아할까 고민을 하다 이내 포기하 고 말았다.

"8써클 마법을 사용하였다고 해서 8써클에 오른 건 아닙니다."

폴센의 말을 은근슬쩍 인정하는 것이었다.

"모순적인 말이군. 하지만 상관없어. 사람들로 하여금 그렇다고 믿게 하는 게 중요한 거니까."

"지금 대국민 사기극을 벌이자는 겁니까?"

"꼭 그런 건 아니지."

폴센이 특유의 동작으로 연구실 이곳저곳을 뒤졌다.

"어디다 뒀더라… 분명 이곳에 뒀는데…."

라고 중얼 거리며 연구실을 헤집고 다녔다.

그를 보며 룬은 다른 건 몰라도 특이한 사람임에는 분명하다고 생각했다.

"아, 여기있었군."

폴센이 찾은 건 오래된 서적이었다. 손가락 한 마디 만큼 두꺼운 서적이었는 데 자세히 보니 먼지가 쌓여 있어서 그렇지 겉은 금으로 되어 있었다.

폴센은 서적을 아무런 거리낌 없이 룬에게 건넸다.

그 행동에 아쉬움이 전혀 없었기에 룬은 별다른 생각 없이 받았다.

"이게 뭡니까?"

"바르텐대제로부터 내려오는 고서지. 한 번 훑어보게."

룬은 폴센의 말에 따라 고서를 훑었다.

별 생각 없이 고서를 훑던 룬의 얼굴은 곧 심각하게 굳어졌다.

"이건…."

"그래, 맞아. 8써클의 비밀을 담은 것이지. 자네정도라면 뜬구름 잡는 내용이 아님을 알 것일세."

룬은 고개를 끄덕이며 고서를 처음부터 자세히 읽기 시작했다.

폴센은 룬이 책을 다 읽을 때까지 군말 없이 기다려줬다.

책을 읽을수록 룬은 왠지 친숙한 느낌을 받았다.

그 이유를 깨닫는 데는 오랜시간이 걸리지 않았다.

'사부의 마나연공이다!'

[임맥과 독맥을 지나, 백회혈이 열리면 세상이 보일 것이다.]

임맥과 독맥은 소주천이라는 걸 말하는 것이다.

백회혈이라면 정수리부근의 혈로 마나의 길이 팔과 다리, 몸을 지나 머리까지 열린다는 것을 뜻했다.

'새로운 세상이 보인 다는 건 8써클을 뜻하는 건 아니야. 말 그대로 새로운 세상을 보는 것. 8써클의 문턱에 들어선다는 뜻이겠지. 그렇다면 이 다음 내용에 8써클의 비밀이 있겠군.'

룬이 마른침을 삼켰다.

막 다음 내용을 보려 하는 데 폴센이 막아섰다.

"한 번 훑어보라는 거지 정독을 하라는 게 아니야."

하며 그는 룬이 보던 고서를 다시 가져갔다.

룬이 아쉬워하며 입맛을 다졌다.

폴센은 고서를 다시 연구실 어딘가로 집어던졌다.

찾을 때도 어디다 두었는지 몰라 한참 헤맨 것이 꼭 잡동사니를 취급하는 것 같았다.

"내가 왜 그것을 자네에게 줬는지 알겠지? 바르틴대제의 마나연공… 8써클의 비밀이 바로 거기에 있지."

룬은 이를 통해 사부의 마나연공이 바르텐대제에 뿌리를 두었음을 확신했다.

'사부는 어떻게 이 마나연공을 익히게 되었을까? 바르텐대제와는 어떤 관련이 있는 걸까.'

궁금한 것이 너무도 많았다.

"어떤가. 이제 내 제자로 들어올 마음이 조금 드는가? 내 제자가 된 다면 이 고서를 끝까지 보게 해주지"

폴센의 눈이 반짝인다.

그는 마법사다. 누구보다 마법사의 성향을 잘 안다. 호기심을 앞에서는 어린아이가 된다.

그래서 룬이 절대 이 제안을 거절하리 않으리라 믿었다.

하지만 룬의 대답은 폴센의 기대와는 정 반대의 것이었다.

"싫습니다."

"… 어째서?"

폴센은 이런 진행은 전혀 생각지 않은 눈치였다.

"그 고서가 분명 탐나는 건 맞지만 저는 해야할 일이 있으니까요. 바르타인공작에게 무슨 말을 한 들 상관하지 않겠습니다. 어차피 그는 제가 필요합니다. 악어가 입을 다물기만 하면 악어새는 꼼짝없이 먹잇감이 됩니다. 하지만 악어는 악어새를 먹지 않습니다. 서로에게 필요한 존재란 그런 겁니다."

룬이 강하게 나가자 폴센이 떨떠름한 얼굴을 한다.

"그래서 지금 8써클의 고지가 눈앞에 있는 데 포기하겠다는 건가? 진정한 마법사라고 봤는 데 아닌 모양이군."

"제가 8써클이 될 만한 재목이었다면 그 책이 아니더라도 언젠가는 될 겁니다. 아니라면 책을 보든 무엇을 하든 소용없습니다."

"소중한 사람이 없는 사람의 말이로군. 그랬다면 그렇게 무책임하게 대답을 할 수는 없었을 테니 말이야."

소중한 사람이라… 이전이었다면 분명 그랬을지 모른다.

하지만 이제는 아니었다.

룬은 당장에도 여러 명의 얼굴이 떠올랐다.

"제 힘으로 그들을 지켜낼 겁니다. 그러기 위해 한 곳을 보고 가고 있습니다. 하지만 이 대륙을 지켜야 하는 건 제 손을 벗어난 일입니다."

룬의 뜻은 확고했다.

"전체가 무너지면 부분은 반드시 무너지게 돼 있어. 부디 그것을 빨리 깨우쳤으면 좋겠군."

그 말을 끝으로 폴센은 더 이상 룬을 설득하려 하지 않았다.

✤

훈텐백작은 믿을 수 없다는 얼굴로 융커를 바라보고 있었다.

융커의 이야기는 그만큼 충격적이었다.

"지금 그 말은 수석마법사께서 제국의 세작이었으며 룬 남작과 관련된 모든 일이 제국의 지령에 의해 이루어졌다는 겁니까?"

"예. 그리고 중요한 것은 아울러 백작님께서도 그 일에 연루되어 있다는 것이죠."

"그게 무슨 소립니까. 나는 그때 그저 수석마법사님의 말에 따라…"

"예. 제 말이 그겁니다. 당시 백작님께서는 제 말에 다라 움직이셨죠. 게다가 재판장에서 친히 저와의 관계를 증언까지 하지 않으셨습니까? 또한 이번 트린베니아의 원정군에서 맥기사단이 제외됐다고 들었습니다. 이 모든 게 뭘 뜻하겠습니까? 당시 백작님께서 제가 세작임을 알고 있었는지 그게 중요한 게 아닙니다. 중요한 건 그렇다고 사람들이 믿을 만한 상황이 있었다는 것이죠."

훈텐백작의 손이 슬금슬금 검으로 다가간다.

융커의 말이 맞았다.

아무렇게나 꼬인 실타래처럼 진실이 무엇이든 풀어 낼 수 없는 상황이었다.

타개할 방법은 단 하나였다.

이 자리에서 융커를 죽여 스스로 혐의를 증명하는 것이다.

훈텐백작이 순식간에 발검을 했다.

하지만 검은 융커에게 닿을 수 없었다.

이미 실드가 겹겹으로 쳐져 있었다.

기왕 검을 꺼낸 거 훈텐백작은 아주 노골적으로 융커를 공격하기 시작했다.

하지만 소용없는 일이었다.

융커의 연구실에는 마나블록이 쳐져 있어 오러를 일으킬 수 없었다.

그에 반해 융커는 본인이 원하는 데로 마법을 쓸 수 있었으며, 메모라이즈까지 해놓은 상태였다.

훈텐백작의 맨검으로는 융커의 몸에 작은 상처하나 낼 수 없었다.

"소용없습니다. 제 연구실에서 저를 어찌할 수 있는 사람은 최소한 이 왕국에서는 존재 하지…."

도중에 융커는 말을 거두었다.

일전에 있었던 룬과의 결전이 떠오른 것이다.

아무튼 상관없었다.

최소한 훈텐백작이 당장 융커를 어떻게 할 수 없다는 건 분명하니까.

"원하는 게 뭡니까?"

"상황파악이 빠르시군요. 제가 원하는 건 하나입니다. 왕궁을 접수하는 겁니다."

"!"

훈텐백작은 자신의 귀를 의심했다.

그 반응을 보며 융커는 훈텐백작이 내용을 제대로 알아들었다고 생각했다.

누구라도 평정을 유지할 수 없을 만큼 어마어마한 내용이었던 것이다.

"그렇게 불가능한 일은 아닙니다. 현재 중앙귀족과 반 이상의 왕궁병력 트린베니아에 원정을 떠난 상태입니다. 하지만 맥기사단을 비롯한 백작님의 병력은 애틀란으로 가기 위해 이곳에 있죠."

"그렇지만 토레논공작도 있고, 설령 왕궁을 점령한들 얼마 버티지 못 할겁니다."

"그건 걱정하지 않으셔도 됩니다. 제국이 트린베니아를 점령한 뒤 이곳으로 올 때까지만 버티시면 됩니다."

"흐음…."

훈텐백작이 상념에 빠졌다.

"이래죽나 저래죽나 마찬가집니다. 저라면 좀 더 가능성이 있고, 보상이 있는 길을 택하겠습니다."

"보상이라하시면…?"

"당연히 이 나라 아니겠습니까?"

물론 그렇게 된다면 르니에르왕국은 사라지게 되고 제국에 귀속될 것이다.

히지만 누군가는 이곳을 통치하게 될 것이고, 그 사람이 곧 왕이나 다름없었다.

굳어져 있던 훈텐백작의 얼굴이 한결 가벼워진다.

"얼마 전부터 제 주변에 낯선 자들이 서성이고 있습니다. 이미 왕자님께서도 제가 세작임을 눈치 채고 계신 겁니다. 앉아 있으면 둘 다 죽습니다. 굳이 제가 백작님을 끌어들이지 않아도 말이죠. 하지만 우리가 먼저 움직인다면 세상을 바꿀 수 있습니다."

데이미안왕자는 훈텐백작을 눈에 가시처럼 여기는 상황

이었다. 융커의 말대로 어떻게든 이번 일에 연루시켜 몰아낼 것이 뻔했다.

"융커님께서는 거사가 끝나면 어찌하실 생각입니까?"

"저야 별 욕심 없습니다. 그대로 수석마법사자리에 있어도 좋고, 연구비지원을 받아 시골 어딘 가로가 마법에 매진하는 것도 생각하고 있습니다."

훈텐백작은 기왕이면 후자가 나을 거라고 생각했다. 거사 뒤에는 분배가 뒤따르기 마련이다. 그때가 되면 같은 곳을 보고 가던 사이라 할지라도 꺼려지게 되는 것이다. 물론 굳이 그러한 말은 하지 않았다.

"제 이야기에 수락한 것으로 받아들여도 될까요?"

"자세한 계획을 이야기해주시겠습니까?"

훈텐백작의 눈에 빛이 났다. 위기는 곧 기회라 했다. 지금이 딱 그 경우에 해당됐다.

"공주님의 탄생일이 다가옵니다. 국왕을 비롯한 주요 인사들이 한데 모일 시간이지요."

융커가 운을 떼자 훈텐백작이 말을 잇는다.

"근위대를 비롯하여 주요병력은 원군을 떠났고, 토레논 공작은 아직 돌아오지 않았으니 그때야 말로 절호의 기회가 되겠군요."

아직 맥기사단을 비롯해 훈텐백작의 사병은 애틀란으로 향하지 않은 상태였다.

아무리 맥기사단이 강력하고 훈텐백작의 사병이 많다고 하더라도 근위대와 맞부딪쳐 이길 정도는 아니었다.

더더욱 토레논이라는 존재는 하나만으로도 어떤 변수가 있을지 모르는 인물이었다.

하지만 그 모든 제약은 존재하지 않았다.

근위대의 절반 이상이 트린베니아의 원군으로 갔고, 토레논 역시 돌아오지 않은 상태였다.

폴센을 만나고 난 후 룬은 머릿속이 복잡했다.

남대륙이 북침을 해 온다. 북대륙은 그들을 막기 힘든 상태다.

룬은 바르텐대제의 마나연공을 알고 있다.

그것을 통해 수준급 이상의 기사를 양성한다면 남대륙에 맞설 수 있다.

폴센에게 협조해야하는 것일까?

'세계의 평화라… 내가 고민할 만한 문제는 아닌 것 같군.'

룬이 현재 원하는 건 하나다. 루텐영지에서 모두와 함께 행복하게 사는 것.

꼭 루텐 영지가 아니더라도 상관없다. 아무 곳이나 함께 살기만 하면 되는 것이다.

그러기 위해서는 우선 스엣을 구하는 것이 먼저였다.

룬은 복잡한 것은 집어 치우고 우선 그것만 생각하기로 했다.

하지만 폴센이 가지고 있는 고서의 내용이 탐나는 것은 사실이었다.

'어쩔 수 없는 없는 일이지.'

룬은 본인이 한 말을 상기했다. 8써클에 오를 재목이라면 굳이 그 고서가 아니라도 오를 것이고, 아니라면 본들 소용없는 것이리라. 그렇게 가볍게 정리를 하려는 데 한 가지 걸리는 게 있었다.

폴센이 제시한 최선책은 룬 스스로가 구심점이 되어 남대륙에 맞서는 것이다.

하지만 그건 염두에 두고 있지 않다.

그렇다면 현 황제와, 바르타인이 그들을 막는 게 차선이라면 차선이었다.

폴센의 말마따나 그들이 없다면 내부부터 붕괴될 테니까.

그래서 룬은 과연 사사로운 감정 때문에 바르타인에게 복수를 하는 것이 맞는 것인지 의문이 들었다.

남대륙에 맞서는 것에 주도적인 역할을 하지는 않더라도, 그 역할을 대신할 사람을 죽여 세상을 혼란스럽게 만들어야 하는가?

'모르겠다.'

결론은 아까와 같았다.

❖

룬이 제국에 온지도 어느 덧 3주가 지났다. 그 동안 룬
은 지속적으로 바르타인공작성의 위치를 파악했다.

바르타인공작성은 생각보다 크고, 경비가 삼엄했다.

게다가 바르타인공작성 주변에는 텔레포트게이트가 군
데군데 설치 되어 있었다.

포위망을 뚫기란 쉽지 않아보였다.

이런저런 이유로 이곳에 머무는 시간이 길어졌지만 룬
은 조급해 하지 않았다.

르넨에게는 따로 지령을 내려놓은 상태였다. 호드만
이 정신을 차리고 백작가를 돌보고 르넨과 같은 믿을만
한 사람이 지키고 있으니 얼마를 비워 놓든 안심이 되었
다.

"슬슬 가볼 시간이군."

룬은 폴센의 연구실로 향했다. 폴센의 연구실은 황실에
위치했다.

그래서 마나연공을 하기 위해서는 황궁에 출입해야 하
는 번거로움이 있었다.

처음에는 그것이 조금 껄끄러웠다. 하지만 이제는 별로 그렇지 않았다. 바르타인이 이미 손을 써 놓은 것이다.

룬은 이곳에서 르니에르왕국의 남작이 아니었다. 어렸을 적 바르타인공작의 눈에 들어 비밀리에 키워져온 사람이었다. 때문에 작위는 없지만 제법 귀빈 대접을 받았다.

가장 체감할 수 있는 게 경비병의 태도였다. 처음에 텔레포트게이트를 타고 이곳에 발을 들였을 때만해도 눈빛에 적대감과, 은근한 무시가 서려 있었다.

하지만 지금은 공손과 존경이 그 자리를 대신했다. 단지 바르타인과 연관 있는 사람이라는 이유 하나만으로, 사람들의 태도가 완전히 달라진 것이다.

룬에게 뚜렷한 목표가 없었다면 이대로 그냥 이곳에서 사는 것도 나쁘지 않겠다고 생각했을지 모른다.

하지만 그런 나태한 마음을 먹을 만한 여유는 없었다. 폴센의 연구실에 들어선 룬은 간단하게 인사를 했다.

"오늘은 조금 빨리 왔군."

"예."

룬과 폴센은 일상적인 인사를 나누었다. 처음 그를 만난 후, 의외로 관계는 껄끄럽지 않았다.

폴센은 룬에게 으름장을 놓던 것과 달리 바르타인에게 아무 말도 하지 않았다.

그리고 본연의 아무 일 없었다는 듯 본연의 임무만을 충실히 했다.

연공을 보며 호기심을 충족하는 것으로 충분한 것인지, 아니면 다른 꿍꿍이가 있는 것인지는 룬도 알지 못했다.

룬은 인사를 나눈 다음 세 명에게 연공을 시작했다.

움직임이라고는 가부좌를 튼 복면인들의 등에 손을 올려놓는 것이 다이지만 폴센은 한시도 집중을 풀지 않고 그 과정을 지켜보았다.

연공은 금세 끝이 났다.

"다 됐습니다."

"오늘은 다른 날 보다 좀 더 특별해 보이는 친구가 있군."

폴센의 말 그대로였다.

룬은 임맥과, 독맥을 반대의 길로 순환시키는 것이기에 변수를 고려해 한 달이 필요하다고 했지만 3주가 지난 지금 한 명에게서 가시적인 성과가 나왔다.

놀라운 건 폴센이 그러한 성과를 단번에 알아봤다는 것이다.

"예. 죄송하지만 바르타인공작에게는 비밀로 해주시면 안 되겠습니까? 아예 말하지 말라는 건 아닙니다. 시기를 조금만 늦춰달라는 겁니다."

"뭐, 그 정도야 어렵지 않네만…."

폴센이 은근슬쩍 복면인을 본다.

복면인은 이곳에 잡혀온 후 의사결정이 자신에게 넘어온적이 없기에 잠시 당황했다.

하지만 아무리 인간 이하의 삶을 겪었다 하더라도 기본적으로 생각을 할 수 있는 인격체라는 사실은 변함이 없었다.

복면인이 작게 고개를 끄덕였다.

"좋네. 대신 약속한 한 달이 넘어가서는 안 될 것이야."

"감사합니다."

껄끄러운 이야기가 오간 건 맞지만 룬은 폴센을 깍듯이 대했다.

다른 것을 떠나 마법사로써 존경받을만한 윗사람이라는 것은 분명한 것이다.

"그리고 이 친구는 제가 잠시 빌려가도록 하겠습니다."

막 성과를 보인 복면인을 가리키며 말했다.

"알겠네."

룬은 그를 데리고 연구실을 빠져 나왔다. 그리고 공터를 찾아 갔다. 황궁은 넓었지만 경비병도 많고 이런저런 일을 처리하는 사람들로 붐볐다. 그래서 공터를 찾는 데 애를 좀 먹었다.

"이름이 무엇입니까?"

질문을 받은 복면인이 머뭇거린다.

3주라는 시간이 흘렀지만 개인적인 질문을 받는 것은 이번이 처음이었다.

비단 룬에게서만이 아니었다. 이곳에서 그는 암흑같은 존재였다. 그 누구도 말을 걸어오는 이는 없었다.

존재하지만 보이지않는 공기처럼 지내오다 룬에게 질문을 받으니 당혹스러웠다.

"폴입니다."

복면인은 굵은 목소리에 어울리지 않게 조금 수줍게 대답했다.

"꿈이 있습니까?"

폴이 고개를 젓는다.

룬은 갑자기 아이스에로우를 소환했다. 폴이 화들짝 놀라 뒷걸음질 쳤다.

"이게 아이스에로우라는 겁니다. 1써클 마법이죠. 한 번 해보시겠습니까?"

룬이 아이스에로우를 날렸다. 천천히 날아가다 공기중에 펑하고 사라졌다.

이것이 말로만 듣던 마법인가… 폴의 두 눈에 호기심이라는 감정이 서린다.

하지만 몸은 여전히 굳어 있다.

룬은 보채지 않고 다시 한 번 아이스에로우를 소환했다.

"몸속에 쌓인 마나를 움직이는 겁니다. 심장에 써클을 형성하여 마나를 재배열하면 이런 구체화된 형태로 나오는 겁니다."

마나를 느끼고, 연공을 하고, 써클을 형성한 다음 마법에 성공하기까지 수재라 일컫는 자들도 보통 몇 년은 걸린다.

폴은 고작 3주전에 룬에 의해 간접적으로 연공을 시작했고, 마법은 처음 보았다.

그런 그에게 고작 마법을 두 번 보여준 다음 따라해 보라는 건 억지나 다름없었다.

더욱이 마나를 잘 못 움직였다가는 기혈이 뒤틀릴 가능성도 있었다.

그럼에도 폴은 룬의 말에 따라 아이스에로우를 시전하기 위해 룬이 방금 한 것을 떠올렸다.

애초에 그는 룬의 요구가 불가능스러운 것이라는 자각이 없다.

또한 요구사항을 거부할 권리가 있다고 생각하지도 않았다.

모르면 용감하다는 말이 있다.

폴이 딱 그랬다.

룬은 폴의 마나흐름을 잘 느낄 수 있도록 마나스캔을 시전했다.

폴의 몸이 룬의 눈에는 검게 보였다.

아랫배부근은 파랗게 표시 됐다. 마나였다.

폴은 아이스에로우를 시전하기 위해 마나를 움직였다.

아랫배에 있던 파란색이 마나의 길을 타고 올라가 심장에 모였다.

심장에 모인 마나는 곧 하나의 둥그런 원을 만들어 냈다.

원에서는 좀 더 짙은 푸른색을 나타냈고 이윽고 손을 타고 구체화되려 했다.

무언가 막 되려 하려는 찰나.

아쉽게도 마나의 흐름은 멈추었다.

울컥-.

폴이 한 웅큼 선혈을 쏟아냈다.

억지가 부른 참사였다.

피골이 상접한 사람에게 운동을 시키면 몸이 좋아지는 게 아니라 병이 나는 것과 같은 이치였다.

"죄송합니다."

"아닙니다."

대수롭지 않게 대답했지만 룬은 사실 적잖이 놀랐다.

마법을 단 한 번만 보고 서클까지 생성해 냈다는 건 결코 쉬운 일이 아니다.

당장 폴센에게가 이 사실을 말한다 하더라도 거짓말이라며 으름장을 놓을 것이다.

그만큼 힘든 일이었다.

그런 일을 지금 폴이 해낸 것이다.

'이게 어떻게 된 걸까…'

룬은 폴의 마나의 길을 정반대로 개척했다.

당연히 나타나는 성과는 원래의 것보다 미미해야했다.

더욱이 이 상황이 지속 될 경우 나중에는 모든 것이 무위로 돌아가야했다.

그런데 폴의 연공이 지속될수록 성과가 미미하기는커녕 오히려 넘쳤고 시계태엽이 돌아가듯 모든 것이 딱딱 맞아떨어졌다.

'설마… 천년에 한 번 나온다는 메이지라도 되는 건가…'

그럴 가능성은 사실 없는 것과 다름 없다.

그렇다면 이 현상을 어떻게 설명해야할까.

룬은 일단 상황을 좀 더 지켜보기로 했다.

"삼일을 드리겠습니다. 그 사이 아이스에로우를 완성시키세요. 마지막으로 한 번만 더 보여드리겠습니다."

룬이 천천히 아이스에로우를 만들어냈다. 폴이 호기심 어린 얼굴로 그 과정을 끝까지 지켜봤다.

"이 일은 우리 둘만의 비밀입니다. 아시겠습니까?"

폴이 알겠다고 대답했다.

폴은 이곳에 와 처음으로 이름을 불려봤다.

그것이 어떤 의미인지 룬은 알지 못한 채 그저 본인의 호기심에만 관심을 기울일 뿐이었다.

❖

룬이 나간 후 폴센은 복면인 한 명을 연구실의 좀 더 깊숙한 곳으로 데리고 갔다.

폴센은 검은색 약을 하나 꺼냈다.

"먹어라."

그것을 복면인에게 내밀었다.

보기만 해도 혐오감이 드는 약이었지만 복면인은 아무 거리낌 없이 약을 먹었다.

"마나스캔."

폴센의 눈에 복면인의 마나가 단번에 들어왔다.

아랫배 부근에 마나가 제법 모여 있었다.

그리고 아직 연공을 한 지 얼마 되지 않았기에 온 몸에 마나가 움직인 흔적이 남아 있었다.

폴센은 룬에게 보여주었던 고서를 꺼냈다. 복면인과 고서를 번갈아 가면서 본다.

'이것이 임맥과 독맥이라는 것인가. 그럼 백회혈이란 곳은 여기… 머리부근이겠군.'

폴센이 보고 있는 부분은 룬이 보았던 바로 뒤쪽이었다.

거기에는 임맥과 독맥, 그리고 백회혈에 대해 짤막하게 설명이 되어 있었다.

"이상한 일이야."

룬은 복면인에게 본인과는 정 반대로 연공을 하였다.

그건 복면인의 몸에 남아 있는 마나의 흔적을 보면 분명히 알 수 있다. 직접적으로는 아니지만 룬도 수긍한 일이다.

그런데 복면인의 상태는 고서에 나와 있는 대로였다. 둘 중 하나는 잘못 됐다는 것이리라.

룬이든, 이 고서든.

룬은 대마법사의 반열에 올랐다. 잘 못 됐다고 보기 힘들었다.

하지만 그건 복면인들의 상태를 봤을 때도 마찬가지였다.

그렇다면 이 상황을 어떻게 설명해야 하는 걸까?

"뭐… 더 지켜보면 알 수 있겠지."

폴센은 관망밖에 할 수 없다는 사실이 조금 답답하게 느껴졌다. 대제의 고서도 있었고 대강의 프레임도 잡혔지만, 정작 자신은 이룰 수 없었던 것이다.

NEO FUSION FANTASY STORY & ADVANTURE

LINE

제 6 장

자승자박

제 6 장
자승자박

대거의 병력이 트린베니아에 지원군으로 파견된 탓에 르니에르의 왕궁은 한산했다.

공주인 이자벨리아의 생일은 조촐하게 지나가기로 했다.

아는 지인을 불러 간단하게 식사 한 끼로 때우기로 한 것이다.

한쪽에서는 피가 터지게 싸우고 있는 와중에 연회를 벌일 수는 없으니 말이다.

물론 그런 도덕적인 것을 떠나 올 수 있는 사람도 없지만 말이다.

식사는 그랜드홀에서 진행 되었고 국왕과 데이미안, 리

오도르가 참석을 하였다. 토레논은 지원군을 트린베니아까지 이송하기로 하여 자리하지 못했다. 이자벨리아는 주인공인 만큼 아직 자리에 없었다.

사람 수에 비해 그랜드홀은 지나치게 넓었다.

천명이 넘는 사람을 수용할 수 있는 크기에 달랑 테이블 하나만 있으니 어쩐지 이색적으로 보였다.

"조금 늦는 군."

국왕이 말했다.

"그러게 말입니다."

데이미안이 답했다.

"올 때가 지난 것 같은데…."

일상적인 이야기를 나누는 사람들의 얼굴은 조금 상기되어 있었다.

이윽고 인기척 소리가 들려온다.

홀 전체를 울릴 만큼 거대한 울림이다.

홀에 나타난 것은 중무장을 한 수백 명의 전사들이었다.

와인잔을 들고 있던 국왕이 고개를 살짝 들어 그들을 본다.

그 중심에는 훈텐백작이 있었다.

"이제 왔는가?"

"공주님의 탄생일이신데, 당연히 제가 와봐야지요."

"기다리고 있었네."

국왕이 자리에서 일어난다. 연회복을 입고 있는 그의 왼쪽다리에는 어울리지 않게 검이 꽂혀 있다.

이윽고 자리에 있던 이들도 일어섰다.

훈텐백작의 얼굴이 잠시 꿈틀 거린다.

"내가 왜 많은 곳을 나두고 이 홀을 선택했는지 아는가?"

국왕이 묻는다.

훈텐백작은 답이 없다.

"그건 모두가 한데 어우러질 수 있게 하기 위함이네."

"!"

순간 지진이라도 난 듯 장내가 진동했다.

그리고 모습을 드러내는 이들.

훈텐백작이 나타났을 때와 마찬가지로 중무장을 한 자들이다.

"근위대!?"

더더욱 훈텐백작을 놀라게 한 건 근위대들 사이에 검을 들고 있는 토레논의 모습이었다.

"다 자초한 일이니 너무 억울해 하지는 마시게."

국왕이 검을 하늘로 뻗은 다음 내리긋는다.

순간 엄청난 함성과 함께 양 병사들이 뒤엉킨다.

첸의 검과 토레논의 검이 서로 닿아 있다.

토레논이 검을 회수한 다음 다시 긋는다.

첸이 뒤로 물러섰다.

"흐압!"

기합성과 함께 토레논의 검에서 오러블레이드가 일렁인다.

마스터의 전유물인 오러블레이드!

그와 맞설 수 있는 건 오직 같은 오러블레이드 뿐이었다.

이윽고 첸의 검에도 오러블레이드가 일렁인다.

"시간 끌 거 있겠나."

첸이 주위를 둘러본다. 그러더니 고개를 끄덕인다. 둘의 검이 부딪친다. 상황과 어울리지 않게 찬란한 빛이 서로를 감싼다.

데이미안과 데카부네를 비롯한 그림자들은 맥기사단을 상대하고 있다.

맥기사단은 왕국 최고의 기사단이다.

하지만 데이미안은 그들에 맞서서 전혀 밀리지 않고 있었다.

아니, 오히려 그들을 하나둘씩 도륙을 하고 있었다.

데이미안은 어느새 쾌감에 매료되었다.

목각인형을 베거나, 날이 무딘 수련용검으로만 상대방을 베던 것을 떠나, 진검으로 진짜 사람을 베고 있는 것이다.

쾌감은 곧 이성을 마비시켰고 기사 한명이 틈을 노리고 옆구리를 찔러왔다.

순간 그 검을 막는 또 다른 검이 있었다.

그 검은 기사의 검을 단번에 물리치더니, 곧 그 주최마저 도륙해버렸다.

"어떤 순간에도 집중을 잃어선 안 된다고 누누이 말씀드렸을 텐데요 왕자님."

"스승님!"

데이미안에게 스승님이라는 소리를 들을 수 있는 사람.

리오도르였다.

데이미안이 고개를 끄덕였다. 한순간 감정을 이기지 못하고 틈을 보인 것이 부끄러웠다. 이제는 그런 모습은 보이지 않으리라 다짐했다.

데이미안과 리도오르가 다시 기사들을 향해 몸을 날렸다. 데이미안은 기본적으로 르니에르가의 검술을 익히고 있었다. 거기에 리오드르의 검술이 접목되었기에 아무리 맥기사단이 날고기는 인재들이 모였다 하더라도 검술의 고하만 놓고 보면 데이미안이 한 수 위였다.

리오도르는 두 말할 것도 없었다.

쉘위소드.

검을 든 모습이 흡사 춤을 추는 것 같다 하여 붙여진 별호였다. 마치 한 마리 나비가 날아다니듯 신묘한 신위로 적을 유린했다. 그의 동작에 어떠한 다급함도 없이 마실을 나온 듯 여유롭다.

훈텐백작은 주위를 보았다. 상황이 좋지 않았다. 근위대에 비해 자신의 병력이 줄어드는 속도가 현저히 빨랐다.

더군다가 맥기사단마저 리오도르와 데이미안의 맹공에 버텨내질 못하고 있었다.

판을 뒤엎을 것이 필요했다.

훈텐백작의 눈에 뒤에서 느긋하게 상황을 관망하고 있는 국왕의 모습이 들어온다. 근위대 하나를 베어넘긴 훈텐백작은 곧 국왕에게 몸을 날려 검을 뻗었다.

그의 검과, 국왕의 목이 점점 가까워 진다.

하지만 국왕은 여전히 팔짱을 낀채 아무런 조취도 하고 있지 않는다.

막 검과 목이 닿으려는 순간.

훈텐백작의 검은 거미줄로 감긴 듯 더 이상 전진을 할 수가 없었다.

왕의 그림자. 그들이 나선 것이다. 훈텐백작은 그대로

주저 앉았다.

토레논이 측은한 얼굴로 바닥에 쓰러져 있는 첸을 바라본다.

"왜 망설였나?"

"어차피 승패는 바뀌지 않았을 것입니다."

깨끗한 패배였다. 망설여서 진 것이 아니다. 망설여질 만큼 토레논이 강한 것이었다.

토레논은 주위를 보았다. 더 이상 남아 있는 훈텐백작의 병사들은 없었다.

훈텐백작은 한쪽 무릎을 바닥에 댄 채 검으로 지탱한 상태였다. 그때 훈텐백작이 비릿한 웃음을 흘리며 입을 열었다.

"이것으로 끝일 거라 생각하십니까?"

순간 국왕을 비롯해 모두의 머릿속에 한 가지 생각이 떠올랐다.

"이자벨리아!"

❖

천천히 거처의 문이 열렸다. 누구일까? 파티에 데리러 온 자일까? 하지만 파티는 그저 구색일 뿐인데….

마침내 상대방의 모습이 완전히 드러났다. 총 셋이었다. 수석마법사 융커와, 맥기사단의 기사 두명이었다.

이자벨리아와 에일리아의 얼굴이 굳어졌다. 그들이 나타난 의미는 분명했다.

"저와 함께 가주셔야겠습니다 공주님!"

융커가 말했다.

이자벨리아가 고개를 끄덕이더니 자리에서 일어났다. 융커가 조금 흠칫했다. 설마 자신이 이곳에 온 의미를 모르고 있는 것일까? 그렇지 않다면 저렇게 평온할 리 없다.

그때 이자벨리아가 담담한 어조로 말을 한다.

"에일리아. 이들은 네가 상대해. 수석마법사는 내가 맡을 테니."

다행히 그녀는 현재의 상황을 아주 잘 자각하고 있었다.

융커가 비릿하게 웃으며 기사들에게 눈짓을 한다. 상황을 자각하고 있다 하여 달라질 건 없었다.

"하지만…."

에일리아가 머뭇거린다.

왕실 수석마법사. 그리고 맥기사단의 기사 두 명.

도저히 답이 나오지 않는 상황이다. 자신과 이자벨리아의 전력이라면 기사두명을 상대하는 것만도 벅차다.

그런데 수석마법사까지 있었다.

"망설일 시간 없어."

이자벨리아가 몸을 날린다. 융커가 조소를 짓는다. 물론 위협이 될 일은 없겠지만 혹시 몰라 만반에 준비를 해놓은 상태였다.

그중 하나가 배리어였다.

배리어는 무려 5써클 실드계열 마법이었다.

그녀의 어설픈 검으로는 흠집하나 낼 수 없을 것이다.

융커는 아예 피할 생각도 없이 이자벨리아의 검을 몸으로 받아냈다.

물론 피할생각이 있어도 마법사인 그가 반응할 수 없을 테지만. 배리어가 있는 이상 아무래도 상관없었다. 어떤 공격을 하든 베리어를 깨트릴 수는 없을 테니까.

그는 어떤 마법으로 이자벨리아를 요리할까 궁리하기 바빴다.

이자벨리아가 움직이는 것을 보며 에일리아도 퍼뜩 정신을 차렸다. 어디서 용기가 났는 지 두 기사들을 향해 몸을 날렸다.

그들은 맥기사단이다. 불새기사단과 자웅을 겨루는 기사단. 아직 아카데미생인 그녀가 상대할 만한 자들이 아니었다. 게다가 상대는 두명이나 된다. 사실 승부는 뻔한 것이다.

그럼에도 그녀의 움직임에는 망설임이 없었다. 연회장에서의 경험. 그리고 이자벨리아의 당당한 태도가 그녀에게 용기를 북돋아 주었다.

그녀의 검과 기사의 검이 맞부딪친다. 그들이 이곳에 온 건 기사로서 썩 명예로운 일은 아니었다. 그래서 어차피 명예스럽지 않은 거 더 망가져도 상관없을 지도 모를 일이었다.

그럼에도 그들은 최소한의 자존심을 지키기로 했다. 아카데미생 한 명을 제압하기 위해 협공을 하지는 않은 것이다.

에일리아에게는 그나마 다행인 일이었다. 에일리아와 맞상대하는 기사는 아잘이었다. 맥기사단에서 특별한 위치에 있지만 않지만, 맥기사단이라는 것 자체가 이미 특별한 것이었다.

하지만 에일리아는 왕국 최고의 검수인 토레논의 여식이었다. 토레논가의 피와 검술을 이어받았다. 더불어 리오도르와 함께 수련을 하였다. 많지는 않지만 근래에 피와 살이 튀기는 실전까지 경험하였다.

견습기사도 아닌 아카데미생에 불과하지만 이런저런 이유로 그녀는 아잘에 맞서서 밀리고 있지 않았다. 그렇다고 그녀의 실력에 찬사를 보낼만한 상황은 아니었다.

말 그대로 그녀는 아잘에게 밀리지 않고 있을 뿐이었다. 지지는 않지만, 이기지도 않는 상황.

그의 옆에는 그보다 더 뛰어난 기사가 있다. 그리고 이자벨리아는 무려 왕궁 수석마법사와 대치를 하고 있다.

맥기사단의 기사와 호각지세를 겨루고 있다고 안도할
때가 아니었다.

'한 번에 끝내야해!'

그녀는 일부러 아잘에게 틈을 보여주었다. 잘 단련된 기
사인 만큼 아잘이 그 틈을 놓치지 않고 공격을 해 들어왔
다.

'지금이다.'

-비선검무

아잘의 공격을 피한 에일리아의 몸이 절반으로 숙여졌
다. 그리고 이어지는 발검.

단 한수에 적을 요절시키는 토레논가의 검술이었다.

발검과 동시에 무시무시한 오러가 발현 되었다. 급작스
런 공격에 아잘은 반응하지 못했다.

서걱. 소름끼치는 소리와 함께 아잘의 몸이 두동강이 났
다.

하지만 여기서 끝이 아니었다. 아잘 하나를 무찌른다고
상황은 크게 변하지 않을 것이다. 그녀가 노린 건 아잘 뒤
에서 팔짱을 끼고 있던 기사였다.

에일리아의 검이 아잘에서 멈추지 않고 그대로 그에게
까지 뻗어갔다.

'됐어!'

하지만 그건 그녀만의 바람일 뿐이었다.

방심을 하고 있던것처럼 보이던 기사는 사실 에일리아의 움직임 하나하나까지 살펴보고 있었다. 에일리아의 일격이 무위로 끝났다.

'틀렸어.'

만약 수석마법사가 없다면 이 정도로도 충분한 성과였을 것이다.

그랬다면 이 자와 다시 자웅을 겨루면 될 터였다.

에일리아는 절망적인 얼굴로 기사와 융커를 바라보았다.

······?

융커에게 고개를 돌린 순간 그녀는 자신의 눈을 의심해야했다.

"쿨럭!"

융커의 입에서 피가 한웅큼 쏟아져 나오고 있었다.

그의 눈은 믿을 수 없다는 듯 부릅떠져 있었다.

"이게 대체 무슨···."

믿을 수 없는 일이다. 5써클 마법사가 만들어낸 배리어가 이자벨리아의 검에 무참히 깨져 버린 것이다.

이자벨리아는 융커의 뒷목을 강하게 내리쳤다.

융커가 그대로 혼절을 했다.

마법사는 전투능력이 검사에 비해 현저히 떨어졌다. 애초에 배리어가 뚫린 이상, 융커는 웬만한 검사하나 어찌할 수 없는 몸이었다.

융커를 기절시킨 이자벨리아는 기사에게 다가갔다.

그녀가 검을 기사에게 겨누었다. 기사는 이자벨리아와 에일리아를 곁눈질 했다. 방금 에일리아가 가지고 있던 생각을 그대로 하고 있으리라.

그는 곧 이자벨리아에게 달려들었다. 그녀는 빠르게 제압하고 에일리아를 상대할 심산이었다. 하지만 그것은 그냥 바람으로 끝나야만 했다.

단 일검에 그의 몸은 의지와 상관없이 무너져 내려야만 했다.

이자벨리아의 붉은 오러가 그렇게 만든 것이다.

메지아의 힘. 게다가 월야가 친히 갈무리를 해준 덕에 그 힘은 상상을 초월할 정도였다.

아무리 맥기사단이라 할지라도 그녀의 상대는 될 수 없었다.

"대체 어떻게…."

에일리아가 놀란 토끼눈을 뜬다. 이자벨리아가 싱긋 웃는다.

❖

"당장 이자벨리아의 거처로 가라!"

데이미안이 다급하게 외친다.

그 외침이 끝나기도 전에 토레논과 리오도르가 동시에 움직였다.

질풍처럼 움직이던 그들의 발이 한 순간 멈췄다.

"에일리아!"

"이자벨리아!"

두 여자의 이름이 동시에 터져 나왔다.

데이미안이 체통도 잊고 부리나케 그녀들에게 달려갔다.

한명은 둘도 없는 핏줄이며, 다른 한명은 자신이 사랑하는 사람이었다.

"어떻게 된 겁니까."

그 물음에 에일리아가 이자벨리아를 본다.

이자벨리아는 말 없이 웃는다.

융커와 훈텐백작의 반역은 그렇게 무위로 돌아갔다.

LUNE

제 7 장

최후

제 7 장
최후

　룬은 자신의 눈앞에 둥둥 떠 있는 아이스에로우를 멍하
니 바라보았다.

　7써클에 오른 룬이 단순히 1써클 마법을 봤다고 이런 얼
굴을 하지는 않을 것이다.

　중요한 건 그것을 만들어낸 주체였다.

　연공을 시작한 지 3주.

　그리고 마법을 본 지 고작 3일 만에 해낸 것이다.

　마법에 대한 기초적인 지식조차 없는 상태에서 말이다.

　"이제 거두셔도 됩니다."

　룬의 말에도 폴은 멀뚱멀뚱 눈만 끔뻑였다. 거두는 것에
대해서는 알지 못하는 것이다.

"디스펠!"

폴이 만들어낸 아이스에로우가 흔적도 없이 사라졌다.

룬은 품에서 서적 하나를 꺼내 폴에게 던졌다.

"마법서입니다. 일주일 안에 익히도록 하세요."

"전부 말입니까?"

폴이 반문한다.

거의 처음 있는 일이었다.

"예."

폴이 책을 본다. 두께가 거의 사람 손바닥을 펼쳐놓은 것만큼이나 두껍다. 읽는데만 며칠은 걸릴 것이다.

실제로 마법을 익힐 수 있는 시간은 며칠뿐이리라.

"알겠습니다."

"폴센님에게는 말씀드려 놓을 테니 일주일간 연구실에 나오지 않아도 됩니다. 그럼 가보세요."

폴이 고개를 숙인 뒤 몸을 돌렸다.

"그러고 가실 겁니까?"

"예?"

"폴님께서 그렇게 큰 책을 들고 다니면 누구라도 이상하게 볼 겁니다."

룬은 폴에게 다가가 책을 손수 그의 품에 집어넣었다.

"이 모든 일이 누구에게도 알려져서는 안 된다는 걸 명심하셔야합니다."

"명심하겠습니다."

❖

다시 일주일이 지났다.

룬은 폴의 상태를 점검했다.

공격용 마법인 아이스에로우, 파이어에로우, 매직미사일을 비롯해 보조마법까지 완벽하게 1써클 마법을 마스터했다.

혹시 몰라 뷰오브서클 시전해보니 떡 하니 서클이 생성되어 있는게 보였다.

두말 할 것 없는 1써클 마스터였다.

믿을 수 없는 일이었다.

아이스에로우를 삼일 만에 해낸 것보다 더욱 말이 되지 않았다.

일주일의 시간을 준 건 어디까지나 폴의 한계를 보고 싶었던 것이었다.

"무엇이 잘 못 되었습니까?"

룬의 반응을 본 폴이 조심스레 묻는다.

폴의 눈에는 심각하게 굳은 얼굴이 그렇게 보인 모양이다.

"아닙니다. 아주 잘 하셨습니다."

대답을 하며 룬이 잠시 생각에 잠긴다.

1써클로는 폴의 한계를 볼 수 없는 건 확인했다.

'액티브 마나비전을 해봐야겠군.'

액티브마나비전은 뷰마나포스의 변형이었다. 마력을 측정하는 마법인데 오직 월야의 마나연공에만 반응하는 특이한 마법이었다.

룬 역시 기초적인 성장을 할 때 액티브마나비전을 통해 상태를 점검 받았다. 당연하게도 마력을 측정하는 마법이기 때문에 상대방은 마법사여야했다.

룬이 처음부터 폴에게 이 방법을 쓰지 않은 건 그러한 이유 때문이었다.

"연공을 해보세요."

"여기서 말입니까?"

"예."

"이상 기운이 침투하는 느낌이 들 수도 있습니다. 해로운 게 아니니 그냥 진행하시면 됩니다."

"알겠습니다."

폴이 가부좌를 틀고는 연공에 돌입했다.

"액티브 마나비전."

폴의 몸에서 가느다란 실이 나오더니 한곳에 뭉쳤다.

그곳에서는 푸른빛이 났다.

푸른빛이 진할수록 정순한 마나를 가졌다는 뜻이다.

붉은 빛이 나는 경우는 그 반대였다.

'푸른빛이라…'

룬의 계획대로라면 당연히 붉은빛이 나야했다.

하지만 그 반대였다.

'무언가를 놓치고 있는 건 분명하군.'

룬은 시간을 좀 더 들여서라도 폴을 유의 깊게 지켜봐야
겠다고 생각했다.

"이제 됐습니다. 연구실로가시죠."

폴이 조금 아쉬워하며 연구실로 갔다.

그는 룬과 있는 이시간이 좋았다. 이곳에 잡혀온 후, 그
가 해왔던 모든 것은 원치 않던 일이었다.

밥을 먹는 일 조차 마찬가지였다. 살고 싶지 않았다. 차
라리 굶어 죽고 싶었다. 그래서 이 지옥같은 곳을 벗어나
고 싶었다. 하지만 그러지 않았다.

모든 것이 하기 싫은 일 투성뿐이지만 악착같이 버티고
버텨, 끝끝내 살아 남았다. 병석에 누워 있는 어머니와, 가
난에 허덕이는 동생들을 위해서.

그렇게 버텨왔다. 하지만 마법은 다르다. 재미있다. 살
아 있음을 느끼게 해준다.

자신의 이름을 불러주는 사람도 앞에 있었다.

그래서 이 시간이 끝나는 게 아쉬웠다.

"대제의 비밀을 푸셨단 말씀입니까?"

바르타인은 조금 흥분된 모습이었다.

"예."

폴센이 고서 하나를 내민다.

"사실 바르틴대제로부터 내려오는 고서를 가지고 있었습니다. 거기에 마나연공에 대한 이야기가 실려 있었죠. 내용이 워낙 어려워 풀지 못하다가 직접 하는 걸 보니 알 수 있게 되었습니다."

바르타인의 눈이 빛났다.

"이 아이가 바로 그 증거입니다."

폴센의 옆에는 앳된 소년이 한 명 서 있었다.

평범해 보이는 모습이었다. 하지만 몸에 은은한 마나의 기운이 느껴진다.

바르타인이 좀 더 면밀히 아이를 살폈다. 확실히 마나유저였다.

"NO.1 NO.2 NO.3가 연공을 한지 조금 뒤에 시작한 겁니다. 효과는 보시다시피고요."

NO.1 NO.2 NO.3은 복면인들의 코드네임이었다.

"그럼 실제로 연공을 한 건 얼마 되지 않는다는 거군요."

조금은 의아한 일이었다. 연공에 정통한 룬이 한 달의

시간을 걸었다. 그런데 폴센은 불과 이 주 만에 해냈다는 것이다.

"그 친구 수를 부렸더군요. 이유는 모르겠지만 연공은 이미 오래전에 끝이 났습니다. 이 정도가 보통입니다."

바르타인은 아주 적절한 시기라고 생각했다. 룬은 계륵 같은 존재였다. 꼭 필요하지만 위험하며, 속내를 감추고 있었다.

만약 룬의 존재가 조금만 덜 필요했더라도 이런 식의 위험한 줄타기는 하지 않았을 것이다. 하지만 이제 상황은 달라졌다.

폴센이 바르텐대제의 마나연공의 비밀을 풀었다면 더 이상 위험요소를 방치할 필요가 없어졌다.

"그 친구를 어떻게 하실 생각입니까?"

"일단 사로잡아 놔야지요."

폴센이 고개를 끄덕인다.

'바르타인공작의 본 모습을 보게 되면 생각이 달라지게 될 거야. 이 나라, 나아가 전 대륙을 위해 꼭 거쳐야 하는 일이니 너무 억울해 하지 말게.'

후우!

마나연공을 끝마친 룬이 자리에서 일어났다. 기분이 썩 상쾌하지만은 않았다.

근래에 들어 몸 상태가 마음에 들지 않았다. 연공을 해도 개운한 맛이 없고 마나도 정순하지 않은 것 같았다.

마법도 오히려 이전보다 퇴보한 느낌이었다.

'안토에서 무리하게 마나운용을 한 탓일까…'

그때 당시를 생각해보면 그럴 만도 했다. 몇 달은 몸조리를 하는 것을 넘어 자칫 폐인이 될 수도 있을만한 정도였던 것이다.

마나가 조금 무뎌진 것 정도면 오히려 안심을 해야 하는 상황일지도 몰랐다.

그래도 룬은 너무 묶혀두어서는 안 된다는 생각에 가볍게 마법과 마나술을 연마했다.

한 시간 정도 연마를 하고 나니 땀이 비오 듯 쏟아졌다.

예전이었다면 상쾌한 정도였을 것이나 지금은 속이 매스꺼웠다.

'당분간은 그냥 쉬어야 되겠군.'

그렇게 생각하면서도 룬은 정령왕을 불렀다.

역시 정령왕은 나타나지 않았다. 권능을 사용해보려 했으나 마찬가지였다.

'몸이 완전해 질 때가지는 일단 바르타인공작의 환심을 사는 일에 집중해야 되겠군.'

룬은 거처로 돌아왔다. 거처안 깊숙한 곳에 가자 수정구 하나가 놓여 있었다. 그 주위로 마법진이 형성되어 있었다. 임시로 만든 마법진이었다.

마정석 대신 마나의 흐름이 원활한 돌과 철이 대신했고 수정구 역시 거울로 만들어진 것이었다.

돌과 철 그리고 거울.

이 조합으로 통신마법을 하리라 누구도 생각지 못했을 것이다.

게다가 공작성에 쳐져 있는 마나블록을 피하기까지 해야했다.

그래서 준비를 하는 데 오랜 시간이 걸렸다.

룬이 마법진에 마나를 불어넣자 수정구가 발동하였다. 수정구에서 익숙한 얼굴이 나왔다.

르넨이었다. 다행히 좋은 타이밍에 신호를 보낸 모양이었다.

"오랜만입니다. 잘 지내셨습니까?"

-물론입니다.

대답은 수정구를 연결했을 때만큼 선명하지는 않았어도 알아 들을 정도는 되었다.

"영지사정은 어떻습니까?"

-나쁘지 않습니다.

르넨은 영지사정에 대해 설명하기 시작했다.

전쟁 덕에 미스릴 공급이 제법 수월해져 재정 확보가 쉬워졌다.

토르기사단은 날로 수준이 높아졌고, 경비대 또한 새로 꾸렸으며, 화전민이 살 수 있도록 성을 보수하기도 하였다.

베르난도백작은 많이 호전 되었고 재정을 담당하는 것으로 시작해 백작가의 전반에 걸쳐 호드만이 잘 살피고 있었다.

남자들이 미처 생각할 수 없는 섬세한 부분은 오르온이 채워 주었다.

오르온은 르넨의 뒤를 이어 최초로 여자, 그리고 하녀라는 신분의 벽을 뚫고 집사가 되었다고 했다.

불안한 룬의 상황과 달리 백작가의 상황은 희망적인 것으로 가득했다.

하지만 급작스레 르넨의 얼굴이 심각해졌다.

—얼마 전 왕궁에서 큰 사단이 났었습니다….

훈텐백작과 융커가 합심을 하여 반역을 일으킨 것이다.

—다행히 반역은 잘 진압했지만 따로 떨어져 있던 공주님과 에일리아님께서…

갑자기 연결이 끊겼다.

"신디아님과 에일리아님께서 어떻게 됐다는 겁니까?"

—…….

완벽하지 않은 마법진이었다. 게다가 마나블록까지 있었다. 언제 끊겨도 이상하지 않을 상황이었다.

룬은 몇 번이고 다시 연결을 시도해보려 했지만 소용없었다.

"젠장."

룬은 신경질적으로 수정구를 던졌다. 마정석대신 만들어 놓은 돌과 철들이 수정구에 맞아 널브러졌다. 애써만든 마법진이 한순간 쓰레기가 되었다.

'바르타인공작…'

룬의 얼굴을 분노로 읽으러졌다.

폴은 시작으로 나머지 복면인들도 모두 연공을 끝마쳤다. 그들을 보며 룬은 확신을 할 수 있었다.

'연공은 잘 못 되지 않았어!'

마나의 길을 반대로 개척했다. 당연히 잘 못 된 방법이다. 그러나 결과는 오히려 정 반대로 나왔다.

가뜩이나 생각할 것이 많은 데 머리가 더욱 복잡해졌다. 복면인들의 연공이 성공적이라면 둘 중 하나는 잘 못 됐다는 것이다.

하지만 누구도 잘 못 되지 않았다.

'반대로 마나의 길을 개척하면 그것대로 의미가 있는 것일까.'

당장은 그렇게 해석할 수밖에 없었다. 룬은 폴센의 연구실로 향했다. 연구실에는 바르타인공작도 와 있었다.

"연공이 끝이 났다는 이야기가 있어 와봤습니다."

"예."

대답을 하며 은근슬쩍 폴센을 보았다.

폴센은 그간 룬과 아무런 일도 없었든 듯 아무렇지 않은 얼굴을 하고 있었다.

"그런 의미로 요튼산맥에 갈까 합니다만."

"요튼산맥이요?"

"예. 마침 몬스터가 출몰하여 토벌대를 꾸릴 참이었습니다. NO.1 NO.2 NO.3도 함께 갈 겁니다."

실전을 통해 그들의 실력을 파악해 보려는 심산이리라.

룬은 잘 됐다고 생각했다.

그들은 현재가 최고의 수준이었다. 몸 상태는 갈수록 떨어질 것이다.

그러기 전에 지금 확인을 하는 것이 나을 터였다.

"스엣양이 요즘 답답해하는 것 같던데 원한다면 함께 가시는 건 어떻습니까?"

룬은 일부러 그녀를 만나지 않았다. 스엣이 자신에게 덜 소중해 보이는 것이 그녀를 안전하게 하는 길이라 생각했기 때문이다.

"좋습니다."

요튼산맥이라면 비교적 남쪽에 위치한 곳이었다. 무엇보다 가장 달성하기 힘든 조건이었던 바르타인과 스엣이 함께 했다.

한 마디로 이것은 기회였다.

한 가지 마음에 걸리는 게 있다면 최근 난조를 격고 있는 컨디션이었다.

'정신 차려. 이런 기회는 다시 없을 거야.'

룬이 두 주먹을 불끈 쥐었다.

그때 폴센과 눈이 마주쳤다. 그는 의미를 알 수 없는 미소를 짓고 있었다.

몬스터토벌대는 요튼산맥으로 출발했다. 토벌대의 규모는 굉장히 작았다.

기사 10명과 수십명의 병사들, 보조를 해줄 마법사와 레인저 몇 명이 전부였다. 규모를 보며 룬은 이번 토벌대가 다시 없을 기회라고 생각했다.

폴에게는 이미 마법을 사용해서는 안 된다는 언질을 해놓은 상태였다.

굳이 그 말을 하지 않더라도 몬스터와 격전을 벌이는 도중에 사용할 여유는 없을 테지만 혹시 몰라 말을 한 것이다.

룬과 스엣은 나란히 걷고 있었다. 좌측 약간 앞쪽에 바르타인이 있었고, 기사들이 에워싸는 형태를 취했다.

스엣의 손에는 여전히 휴대용마나블록이 채워져 있었다. 그래도 마나의 흐름만 제어할 뿐 행동을 하는 데는 불편함은 없을 정도였다.

스엣은 오랜만의 외출에 조금 들뜬 모양이었다.

룬은 토벌대가 정상에 오르면 거사를 치룰 생각이었다. 바르타인에게 복수를 하고 스엣과 함께 제국을 탈출 하는 것이다.

하지만 그러한 사실을 스엣에게 말하지는 않았다. 그 사실을 알게 될 경우 조금이라도 행동에 어색함이 생길지도 모른다고 생각한 것이다.

황궁을 떠나 두어 시간 정도 걷자 중간지점까지 당도했다. 도중에 멧돼지 떼가 나왔다. 다섯 마리 정도의 무리였다.

바르타인은 진형을 유지한테 NO.1, NO.2, NO.3에게 사냥을 지시했다. 마나유저인 그들에게 멧돼지정도는 상대가 될 수 없었다.

복면인들이 멧돼지를 잡은 뒤 바르타인의 앞으로 가져갔다. 바르타인이 손짓을 하며 치우라고 명했다.

"잠깐만요. 기왕 이렇게 된 거 쉬면서 멧돼지를 먹는 건 어떻습니까?"

룬이 말했다.

"그러도록 하죠."

바르타인이 토벌대에게 휴식을 명했다. 취사를 담당하는 병사들이 곧 멧돼지를 손질하기 시작했다.

그때 룬이 그들에게 다가갔다.

"멧돼지 한 마리는 제가 요리하도록 하겠습니다."

"손질까지만 해드리겠습니다."

룬은 손질한 멧돼지를 받아, 요리를 하기 시작했다.

마법으로 만든 물에 소금을 뿌린 다음 산에서 약초를 구해 멧돼지와 함께 담갔다.

그렇게 비린내를 잡은 다음 불에 굽기 시작했다.

불에 구워지는 동안 소스를 만들었다.

사부와 유랑을 할 때 종종 요리를 했었기 때문에 손놀림이 제법 빨랐다.

다 만든 요리를 스엣에게 가져갔다.

굳이 본인 손으로 요리를 한 건 사실 스엣에게 먹여주고 싶었기 때문이다.

스엣이 멧돼지고기를 소스에 찍어 베어 물었다.

고기를 먹은 그녀가 눈을 동그랗게 떴다.

굉장히 맛있고 또 익숙한 맛이었다.

월야가 이따금 해주던 요리였던 것이다. 이 지방 음식과는 달리 향이 강하고 매운 게 특징이었다.

"어때?"

"맛있어요. 정말 맛있어요."

스엣이 감격을 하였다.

바르타인도 고기를 소스에 찍어 한 입 베어 물었다. 대체 얼마나 맛있기에 감격까지 하는 걸까?

순간 바르타인의 얼굴이 믿을 수 없을 만큼 일그러졌다.

도저히 참을 수 없는 화기가 입에서 피어오르고 있던 것이다.

"물…."

그는 자신의 우측허리에 수통이 있는 것도 있고 물을 찾았다. 그러다 수통이 있다는 걸 자각하고는 수통을 꺼내 물을 벌컥벌컥 들이켰다.

매운맛은 금세 가셨다. 정말이지 다시는 쳐다도 보지 않고 싶을 만큼 끔찍한 맛이었다.

그런데 신기하게도 매운맛이 가시자 한 입 더 베어 물고 싶은 충동이 들었다.

바르타인은 용기를 내어 소스를 아주 조금만 찍어 고기를 다시 먹었다.

입안이 화끈거렸지만 이번에는 제법 먹을 만했다.

바르타인은 괜히 주위의 눈치를 보며 그 후로도 몇 점이나 더 집어 먹었다.

사부가 말하길 매운맛은 담배만큼이나 중독성이 강하다고 했다.

바르타인을 보니 그 말이 맞는 듯 싶었다.

휴식을 마친 일행은 다시 출발을 하였다. 중간에 부락 하나가 나왔다.

예쁘장한 꼬마숙녀 한명이 일행으로 다가왔다. 너덜너덜한 갈색옷을 입고 있는 꼬마의 손에는 흙이 잔뜩 묻어 있었고, 얼굴에는 그으름이 껴 있었다.

"안녕하세요. 저는 제니라고 해요. 저희 어머니께서 편찮으신데 돈이 한 푼도 없어 치료는커녕 약초하나 먹일 수 없는 처지에요. 어르신께서는 지체높으신분같으니 저를 도와주실 수 있을꺼에요. 제발 저희 어머니를 고쳐주세요."

주변에는 어린아이 말고도 부락사람들이 제법 있었다. 제니의 당돌한 행동에 그들의 얼굴에 두려움이 떠올랐다.

귀족들의 성격은 종잡을 수가 없다. 아무 이유 없이 수틀려 화풀이를 해대곤 하는 것이다.

다가와도 피할 지경인데 저런 당돌한 행동이라니. 바르타인이 귀찮은 눈으로 옆에 있던 병사를 본다. 병사가 알겠다는 듯 고개를 끄덕였다.

"꼬마야 비켜라. 우리는 지금 몬스터를 토벌하러 가는 중이다."

하지만 제니는 비키지 않았다. 병사가 거칠게 제니를 밀쳤다. 핏덩이만한 소녀제니가 옆으로 나뒹굴었다.

"가도록 하지."

바르타인은 아무런 표정 없이 제니를 한 번 힐끔 거리더니 발걸음을 재촉했다.

얼마간 걸을 때쯤 바르타인이 마법사 한명을 불렀다. 그리고 그의 귀에 대고 작게 속삭였다.

마법사는 알겠다는 듯 고개를 끄덕이더니 전열을 이탈해 왔던 곳으로 되돌아갔다.

바르타인이 무슨 말을 하나 주위를 기울이고 있던 룬은 어렴풋이나마 그가 하는 말을 들을 수 있었다.

―가서, 저 아이의 어미를 치료해주세요.

너무 의외의 말인지라 룬은 놀란 얼굴을 감출 수 없었다.

바르타인이 룬의 얼굴을 보더니 대수롭지 않은 얼굴로 말했다.

"귀가 무척 밝으시군요."

"엿들으려고 했던 건 아니었습니다."

룬이 짐짓 아무렇지 않은 척 대답했다. 사실 그럴 의도가 다분했지만 굳이 알릴 필요는 없었다.

"기왕 도와주실 거면 진작 도와주시지 그러셨습니까?"

룬으로써는 바르타인의 행동이 이해가가지 않았다. 앞에서는 냉혈한처럼 거칠게 몰아치더니 뒤늦게 도움을 주는 이유가 무엇이란 말인가.

"우매한 백성들은 누군가 자신들의 인생을 바꿔줄거라

는 환상을 가지고 있습니다. 그런 망상에 힘을 싫어 줄 필요는 없겠죠."

룬은 그 말이 이해가 될 듯 하면서도 애매하게 느껴졌다.

행군은 지겹게 이어졌다. 룬은 말 없이 걸었다. 스엣에게 하고 싶은 말이 많았지만 참기로 했다.

스엣은 이따금 룬을 힐끔거리긴 했지만 바르타인의 존재 때문인지 역시 말을 아꼈다.

"르니에르왕국의 소식에 대해서 들으신바가 있습니까?"

산이 눈에 확연히 보일정도로 가까워졌을 때 쯤 바르타인이 말했다.

"아니요. 무슨 일이라도 있었습니까?"

"훈텐백작과 수석마법사가 역모를 꾀했다고 하더군요."

"그렇습니까?"

룬이 짐짓 놀란 얼굴을 했다.

"그래서 어떻게 됐습니까?"

"어떻게 됐을 거 같습니까?"

"흠. 글쎄요. 트린베니아로 대거의 병력을 지원 보낸 것을 감안하면 사단이 났을 것도 같군요."

"그쪽 사정을 꽤 잘 알고 계시는군요."

"……"

"별 뜻은 없었습니다."

"예."

"왕궁사람들과는 친분이 없는 모양이군요. 그런 일이 있었으면 안부부터 묻는 게 보통인데 말이죠."

"이곳에 오면서 모두 인연을 끊었으니까요."

"그렇습니까?"

룬은 바르타인의 눈빛이 조금 부담스럽게 느껴졌지만 피하지 않았다.

얼마간 걷자 요튼산맥에 당도했다. 요튼산맥은 몬스터들이 출몰하는 대게의 곳이 그렇듯 기분 나쁜 분위기를 풍겼다.

그 분위기가 구체적으로 무엇이라 표현하기는 애매했지만, 다들 그렇게 느꼈다. 혹자는 몬스터들이 출몰하는 곳에는 마신의 저주가 내려져 있기 때문이라고 했다.

산을 중간쯤 오르자 몬스터들이 보이기 시작했다. 커다란 냇물이 흐르는 곳이었는데 리자드맨들이 대거 서식하고 있었다.

리자드맨은 그리 강한 몬스터는 아니었다. 하지만 무리를 지어다니는 데다, 어린아이정도의 지능을 갖고 있어 상대하기 제법 까다로운 쪽에 속했다.

"레드리자드맨…"

리자드맨의 비닐은 푸른색이었다. 반면 레드리자드맨은

붉은 색이었다. 아주 낮은 확률로 볼 수 있는 놈인데, 보통의 리자드맨보다 두어 배는 강했다.

문제는 그들을 주축으로 리자드맨들이 모인다는 것이다. 그래서 레드리자드맨이 하나 보인다는 건 최소한 부근에 수십, 많게는 수백의 리자드맨무리가 있는 뜻이었다.

'오늘은 재수가 좋은 날이겠군.'

레드리자드맨은 그 수가 드문 만큼 보게 된다면 행운이 따른 다는 속설이 있었다. 룬은 그 속설을 믿지 않았지만 괜한 기대를 하게 되는 게 사실이었다.

그런데 생각해 보니 레드리자드맨은 이곳에 있는 모두가 보고 있었다. 그렇다면 누구의 행운이 더 강한지 따져야 할 것이었다.

'행운 따위는 존재하지 않아.'

룬은 아주 잠깐이지만 전혀 근거도 없는 것에 기대를 한 것을 자책했다.

바르타인은 레드리자드맨을 상대할 자로 No.3을 지목했다. 룬이 화들짝 놀라 바르타인을 만류했다.

"레드리자드맨은 보통의 놈보다 몇 배는 강합니다. 평범한리자드맨도 웬만한 검사 한명 몫을 하는 데 혼자서는 무리입니다."

보통의 마나유저라면 레드리자드맨과 싸워볼만 했다.

하지만 그는 기초적인 검술을 전혀 배우지 않았다. 당연히 상대가 될 리 없었다.

바르타인이 룬을 응시한다.

"자신이 평생을 살아온 곳에서의 인연도 단번에 끊는 룬님께서 하시 말씀치고는 지나치게 감정적이군요. 레드 리자드맨이 그렇게 강하다면 잘 되었습니다. 한계점을 파악하기 위해서는 약한 상대보다는 버거운 상대가 나을 테니까요."

바르타인이 보고 싶은 건 검술을 배제한 상태에서 순수한 마나연공의 성과였다. 애초에 이곳에 온 목적은 그것이었다.

"차라리 저를 보내주세요. 제가 싸우겠어요."

침묵을 고수하던 스엣이 입을 열었다.

그녀 역시 바르타인의 처사가 형평성이 없음을 알고 있었다. 눈 앞에서 애먼 사람이 죽게 생겼으니 그냥 두고 볼 수만은 없었던 것이다.

"스엣님께서는 산맥을 올라오는 동안 몬스터의 흔적을 보았습니까?"

뜬금없는 질문이라 스엣은 잠시 바르타인의 말을 생각해야했다.

몬스터의 흔적은 없었다. 그건 몬스터들이 산맥의 중간 지점 밑으로는 내려오지 않았다는 것이다.

달리 말해 산맥의 몬스터들은 인근 마을에 피해를 주지 않으며 굳이 토벌을 하러 올 필요가 없다는 걸 뜻했다.

바르타인은 지금 이번 출정의 목적이 몬스터토벌이 아닌 다른 것에 있음을 말하고 있는 것이었다.

"정 나서겠다면 말리지는 않겠습니다. No.3의 실력 대신 마나블록의 유용성을 확인해 보는 것도 나쁘지는 않겠군요."

아무리 날고기는 검사라도 마나가 제어된 상태에서는 제 기량을 펼치 수 없다. 게다가 여자라면 육체적인 능력은 남자에 비해 월등히 떨어진다.

스엣이 어떤 수준의 검사인지와 별개로 마나를 다룰 수 없다면 레드리자드맨의 상대가 될 수 없었다. 레드리자드맨은커녕 평범한 리드자드맨도 버거울 것이었다.

스엣 역시 그 사실을 잘 알고 있었다. 그럼에도 그녀는 뜻을 굽히지 않았다.

"좋아요. 그럼 제가 대신 상대하겠어요."

그때 룬이 스엣의 팔을 붙잡으며 고개를 저었다.

-그렇게 감정적으로 처리할 일이 아니야.

마나술을 이용해 말을 전하려 했지만 마나블록 때문에 할 수 없었다.

하지만 룬의 눈빛을 통해 뜻하는 바가 스엣에게 전해졌다.

분개하던 스엣이 언제 그랬냐는 듯 차분해졌다.

그러는 사이 폴은 어느새 레드리자드맨앞에 당도해 있었다. 몬스터와 맞닥뜨리면 아무리 강단 있는 사람이라도 긴장하기 마련이다.

그것은 실력과는 별개의 문제였다. 죽을 수도 있다는 것을 자각하는 순간 인간으로써 당연하게 가지는 감정이기 때문이었다.

하지만 그에게는 전혀 그런 기색이 없었다. 보통의 인간이 가지는 감정을 가지지 못했기 때문이 아니었다. 이미 죽음을 각오했기 때문이다.

동료들을 죽이고 최후까지 남은 이유는 살고 싶기 때문이 아니었다. 그래야만 더 많은 돈을 가족에게 주겠다는 바르타인의 약속 때문이었다.

이제 그 약속은 지켜졌다. 그러니 더 이상 살아야할 이유는 없었다. 아쉬울 것도 없었다.

레드리자드맨은 복면인을 보고는 먹잇감을 발견한 맹수의 눈을 했다.

쿠워어.

레드리자드맨이 복면인에게 달려들었다. 리자드맨이 까다로운 것 중 하나에는 감각이 극도로 발달한 이유도 있었다.

귀신같이 상대방의 실력을 파악하여, 자신보다 강하면

도망가고, 약하면 득달같이 달려드는 것이다.

챙챙챙.

리자드맨의 도끼와 복면인의 검이 부딪치는 소리가 산속을 울렸다. 까마귀며, 부엉이며, 날것들이 푸드득 날아올라 기분나쁜 소리를 뿌려댔다.

복면인은 생각보다 더욱 잘 버티고 있었다. 검술은 형편없지만 마나를 다룰 수 있기 때문에 몸놀림 자체는 꽤 뛰어났던 것이다.

싸움은 대략 오 분 정도 지속 되었다. 짧은 순간이지만 복면인의 입에서 거친 숨소리가 나왔다. 상대방이 지친 것을 확인한 레드리자드맨이 도끼를 날렸다.

복면인이 그것을 보고는 재빨리 피해 레드리자드맨의 옆구리에 검을 찔러 넣었다.

쿠워어!

레드리자드맨이 괴성을 지르며 쓰러졌다.

'후우!'

싸움을 지켜보던 룬이 속으로 안도의 한숨을 쉬었다. 개인적으로 만나다보니 알게 모르게 정이든 모양이었다.

그런데 그때 어디선가 도끼 하나가 날아왔다. 도끼는 정확히 복면인에게 날아가 그의 머리를 두 동강 내버렸다.

순식간에 벌어진 일이었다.

삽시간 수십의 리자드맨들이 모습을 드러냈다. 레드리자드맨의 괴성을 듣고 모여든 것이다.

리자드맨무리를 본 바르타인이 손짓했다.

그러자 주변에 있던 병력이 움직이기 시작했다.

쿠워어!

주변은 곧 리자드맨들이 곡소리로 가득 매워졌다.

"이게 뭐하는 짓이죠?"

스엣의 얼굴은 분노로 인해 상기되어 있었다.

"진작 저들을 보냈다면 이런 일은 없었잖아요."

스엣의 말에 바르타인이 미묘한 웃음을 지었다. 그 웃음이 스엣을 더욱 화나게 했다.

"당신은 정말 상종 못할 사람이에요."

모욕적인 말을 들었음에도 바르타인은 전혀 언짢아하지 않았다. 그건 어떠한 경우에도 흔들리지 않는 신념에서 비롯된 것이었다.

"정말 나쁜 사람이 누구인지 아십니까? 그건 목숨을 내걸 각오가 되어 있는데도, 도리를 따지느라 그 각오를 무시하는 사람입니다."

파리목숨과도 같은 취급을 받으며 복면인들이 이곳에 온 이유는 단 하나. 가족 때문이었다.

그들은 목숨의 대가로 돈을 받았다. 그 돈으로 몸이 불편한 어머니는 치료를 받을 수 있었으며, 거리에 나앉은 동생들은 따스한 곳에서 살 수 있었다.

바르타인은 그것을 거래고 여겼다. 한 사람의 희생으로 모두가 이득을 얻는 공정한 거래.

바르타인이 복면인의 시신으로 눈을 돌린다.

"보십시오. No.3의 모습에서 두려움이 느껴지셨습니까?"

스엣은 대답하지 않았고 대화는 그것으로 끝이었다. 바르타인의 대답은 언뜻 보기에 합리적으로 보이기도 했다.

하지만 거기엔 인간이라는 중요한 것이 빠져 있었다. 그렇기에 스엣은 바르타인의 말에 동감 할 수 없었다.

리자드맨은 순식간에 정리 되었다. 수십에 달하는 리자드맨들의 피로인해 물은 붉게 물들었다.

"가도록하죠."

전열을 정비한 일행은 다시 산을 오르기 시작했다. 얼마 간 올라가자 볼리베어가 모습을 드러냈다. 볼리베어는 중형몬스터로 리자드맨에 비할 바가 되지 않을 정도로 강했다.

다행이라면 무리를 지어 다니지 않는 다는 점이었다.

바르타인이 나머지 복면인에게 눈짓을 했다. 고개를 끄덕이며 볼리베어에게 다가갔다. 그 행동에 역시 망설임은 느껴지지 않았다.

룬 역시 사람의 목숨을 단순히 거래로 주고받을 수 있는 성질의 것인지 생각을 해봤지만 크게 개입하지는 않기로 했다.

볼리베어는 중형몬스터답게 압도적인 힘으로 복면인을 제압했다.패하기는 했지만 바르타인은 복면인의 실력에 실망한 눈치는 아니었다.

룬은 바르타인의 얼굴을 보며 이번 토벌의 목적이 단순히 실력확인이 전부가 아니라는 것을 깨달았다.

바르타인은 일종에 정리를 하고 있는 것이었다. 바르텐 대제의 마나연공을 전수받을 자들은 아쉽게도 복면인들이 아니었다.

그들은 그저 말 그대로 한낱 실험대상일 뿐이었다. 볼리베어는 나머지 일행들에 의해 정리 되었고 다시 산을 오르기 시작했다.

룬은 문득 의문이 들었다. 산행의 목적이, 실력확인과 일종의 정리라면 굳이 더 오르는 것이 의미가 있을까 생각했다.

"지난 번 했던 이야기를 기억하십니까."

뜬금없는 질문에 룬은 어떻게 대답을 해야 하나 잠시 생각했다.

그 동안 많은 대화가 오간 건 아니지만 딱 잘라 어떤 말을 했다 단정지을만큼은 아니었다.

"무슨 일이 있었든, 저를 만나기 전에 있었던 모든 일들은 그저 과거에 지나지 않을 수 있다는 말말입니다."

"물론입니다."

"지금도 그 말은 유효합니다. 물론 서로에게 한 치의 거짓도 없다는 전제가 필요하겠지만 말이죠."

룬은 바르타인이 지금 이 시점에 왜 그런 말을 하는지 잠시 고민을 했다.

하지만 룬은 여유로이 고민을 이어나갈 수 없었다.

"왜 그토록 바르텐대제의 마나연공에 집착하는지 아십니까?"

폴센과의 대화를 통해 룬은 그 사실을 알고 있었다. 하지만 둘의 대화는 비밀리에 행해진 것이기에 바르타인이 알아서는 안 되었다.

"글쎄요. 사실 궁금하기는 합니다. 모든 것을 가진 공작님께서 어찌하여 바르텐대제의 마나연공에 집착하는지 말입니다."

바르타인은 씨익 웃더니 말을 이었다. 이따금 대화를 할 때면 종종 미소를 짓고는 하는 데, 상황에 맞지 않는 경우가 많아 의미를 파악하기가 힘들었다.

"그건 남대륙의 존재 때문입니다. 남대륙은…."

바르타인이 하는 말은 일전에 폴센에게 들은 것과 동일한 내용을 담고 있었다.

그래서 새로울 것이 없지만 룬은 적당히 놀라는 얼굴을
했다.

"많은 사람들이 저를 욕하는 것을 알고 있습니다. 또 어
떤 사람은 이 세상이 잘 못 됐다면 극단적인 선택을 하기
도하지요. 그들을 욕할 생각은 없습니다. 모두 무지에서
비롯된 것이니까요. 하지만 답답한 건 사실입니다. 자기생
각에만 빠져 큰 그림을 보지 못하는 사람들에게 제가 무슨
말을 할 수 있겠습니까."

말을 마치며 바르타인은 이제 당신이 말할 차례다, 라는
눈빛으로 룬을 봤다.

"음… 그런 원대한 이유가 있다니 앞으로 더 큰 사명감
을 가져야겠군요."

그렇게 대답할 줄 알고 있었다는 듯 바르타인이 고개를
끄덕였다.

"많은 사람들이 기회가 왔음에도 그것이 기회인지 모르
고 지나치는 경우가 대부분입니다. 그것을 잡는 사람은 성
공할 것이고, 아닌 사람은 평범하게 살아가는 것이지요.
때론 반대급부로 끔찍한 일을 당하기도 하지요. 룬님께서
는 전자의 사람이었으면 하는 바람이었는데 아쉬울 따름
이었군요."

그때 하늘에서 까마귀가 울어댔다. 까악까악. 기분 나쁜
소리가 산 전체를 울려 퍼졌다.

주변의 공기가 갑자기 무거워 진다고 느껴지는 건 단순히 기분탓만은 아닐 것이다.

갑자기 대지가 진동을 하기 시작하더니 점점 더 가까이 드리워졌다.

모습을 드러낸 자들은 중무장을 한 병사들이었다.

"나는 당신에게 충분히 기회를 주었다고 생각합니다. 기회를 잡을 방법은 진실! 진실이야 말로 모든 과거의 죄를 씻을 수 있는 유일한 방법입니다. 하지만 당신은 그 기회를 뿌리쳤습니다."

룬은 어찌하여 이런 말도 안 되는 토벌이 이뤄졌는지 깨달을 수 있었다.

스엣의 얼굴을 흙빛으로 물들었다. 두 손에 매워져 있는 마나블록이 더욱 마음을 무겁게 만들었다. 하지만 룬은 오히려 마음이 차분했다. 차라리 잘 된 일이었다.

룬은 사실 갈등 아닌 갈등을 하고 있었다.

자신이 북대륙 평화를 위한 주체가 될 수 없다면 최소한 그것을 대신할 사람을 개인적인 이유로 복수하는 것이 타당하냐는 것이다.

룬은 바르타인의 여러 가지 만행에 분노했고 그래서 타협의 여지는 없어보였지만 사실 마음 한 켠은 여전히 무거운 상태였다.

하지만 바르타인은 그런 마음의 갈등을 한 번해 해결

해주었다.

바르타인은 단번에 도약을 하더니 일행 속으로 합류했다. 그가 있던 자리에는 폴과, 스엣, 그리고 룬만 덩그러니 남았다. 그들 주위로 병사들이 둥그런 원 형태로 포진하고 있었다.

일행 속으로 합류한 바르타인은 명령을 내리지 않고 잠시간 룬을 바라보고 있었다.

어쩌면 마지막까지 룬이 변명이라도 늘어놓기를 바라는 마음일지 몰랐다. 아무튼 그토록 단호한 사람이 뜸을 들이는 것을 보면 룬이 꽤 탐이 났다는 것은 분명해보였다.

"마지막으로 할 말이 있습니까?"

룬은 바르타인의 행동이 이해가 되었다. 최근 그의 환심을 사기 위해 행동하기는 했지만, 과거의 행적으로 봤을 때 충분히 의심을 할 만했다. 어쩌면 뒤에서 융커를 조종한 것을 알아 차렸을 수도 있었다.

어찌됐든 이런 결단을 내린 걸 보면 확실한 정보를 얻은 것임에는 틀림 없었다. 다만 룬이 한 가지 이해할 수 없는 것은 그럼에도 여전히 자신은 필요한 존재라는 것이었다.

모든 의심스러운 상황에서도, 룬이 이토록 쉽게 그에게 접근 할 수 있었던 이유는 믿음이 아니었다. 철저히 필요한 존재이기 때문이었다.

필요하기 때문에 믿어주고, 아니 믿어주는 척을 하고 필요하기 때문에 과거를 덮어준 것이다.

이런 결단을 내린 걸 보면 더 이상 모든 걸 감수해줄 만한 필요성을 느끼지 못한 것이리라. 무수히 많은 경우를 따질 수 있겠으나 룬은 굳이 생각하지 않았다.

"대륙을 통일한 다음에는 무엇을 하실 겁니까?"

상황에 전혀 어울리지 않는 뜻밖의 질문이라 바르타인은 재미있다는 얼굴을 하였다.

조금이라도 오래 살고 싶거나, 혹은 다른 꿍꿍이가 있어 말을 돌린 것일 수도 있으나 바르타인은 개의치 않았다.

이곳은 요튼 한 가운데였다. 그리고 룬은 쥐새끼 한 마리 빠져 나갈 수 없을 만큼 완벽하게 포위되어 있었다.

그것이 룬의 마지막 발악이라면 응해줄 요량은 충분히 있었다.

"제가 남대륙의 공세를 막아낸 다는 전제가 깔린 말이로군요. '무엇' 이라. 참으로 막연한 질문이군요. 내 답은 이렇습니다. '무엇' 을 하는 게 아닙니다. 그냥 살아가는 겁니다."

"그러니까 당신 말은 바뀌는 것은 없다. 이것이로군요."

"원래, 내 것이었으니까요."

그 대답에 룬이 크게 웃어젖혔다. 상황과 전혀 어울리지 않는 웃음이었다.

이따금 바르타인이 보여주는 의미를 알 수 없는 미소만큼이나 이질적으로 보였다.

"혹시나 기대를 했습니다. 당신은 어쩌면 좋은 사람일지도 모른다… 세상의 나락을 모른 척 하는 건, 남대륙을 막는 데 모든 것을 바치고 있기 때문일지도 모른다. 그래서 모든 위험요소가 사라진 뒤에는 배푸는 사람이 될 수 있을지도 모른다. 하지만 이제 확실히 알겠습니다. 당신은 원래 그냥 그런 사람입니다."

룬이 검을 스엣에게 준 다음 마나블록을 풀었다. 그리고 그녀와 폴을 업은 다음 나무위로 올라가 내려놓았다. 그런 다음 다시 내려왔다.

마나블록이 풀렸어도 그 여파로 인해 하루 정도는 마나를 사용할 수 없었다. 그렇기에 스엣은 '저도 함께 싸우겠어요.'라는 치기어린 말은 하지 않았다.

밑에 남아 있는 것이 오히려 룬에게 방해만 될 것임을 알기 때문이다.

바르타인은 턱을 만지고 있었고, 그 옆으로 누군가 발을 내딛고 있었다.

그는 다름 아닌 첸젠이었다. 아직 부상에서 완쾌된 것은 아니지만 치욕을 갚기 위해 나선 것이다.

"나는 한 번 싸웠던 자는 절대 잊지 않지. 더군다나 나에게 치욕을 안겨준 자라면 더더욱."

특정 경지에 오른 고수들은 혜안 같은 것이 있었다. 눈이 보이지 않는 곤충이 더듬이로 상대를 가늠하는 것처럼 말이다.

첸젠 역시 그런 감이 극도로 발전했고 아무리 룬이 환영 마법으로 얼굴을 가리고 있다 하더라도 알아 볼 수 있었다.

애초에 그가 보는 건 얼굴 같은 겉모습이 아닌 그 속에 있는 것이었다.

룬 역시 첸젠이라면 자신을 알아 볼 것이라 으레 짐작은 했었다.

하지만 당시에는 첸젠이 깨어날만큼 오랜 시간 있을 거라는 생각은 하지 않고 있던 터였다.

"누구냐 너는."

르니에르왕국의 룬남작이라는 것을 묻는 것은 분명 아니었다.

"이제야 기억이 났지. 너는 나와 겨룬 적이 있어. 우리가 안토에서 만나기 훨씬 전에."

오래전 격전이 뇌리에 남아 있다면 분명 그럴만한 상대라는 뜻이다. 그럼에도 누구인지 기억이 나지 않으니 기이한 일이었다.

"룬!"

대답은 너무나 당연하게 나왔고 그건 더 이상 정체성이 흔들리지 않는 다는 것이기도 했다.

룬은 파이어소드를 피어 올렸다. 오늘따라 유난히 파이어소드가 붉게 물들었다.

파이어소드를 보자 첸젠의 뇌리에 무언가 떠올랐다. 해가 지고 초승달이 뜬 어느 날 낯선 상대와 맞닥뜨렸다.

낯선 상대는 자신의 상대가 되진 않았지만 특이한 수법이 인상적이었다. 안토에서 룬과 한차례 접전을 펼치고서도 지금에서야 그것이 생각난 것이다.

첸젠이 이해할 수 없는 건 그건 아주 오래전 일이라는 것이었다. 룬의 나이를 생각해보자면 당시 룬은 코흘리개 풋내기여야 했다.

"하지만…."

"내가 누구인지가 그렇게 중요한 겁니까?"

그 말에 첸젠은 입을 다물었다. 룬의 말이 맞았다. 중요한 건 이 자리에서 그때의 치욕을 되갚는 것이었다.

첸젠이 검을 뽑았다. 문소드의 투명한 검신에서 날카로운 빛이 일렁거렸다.

"그때와 같은 요량은 바라지 마라!"

룬은 대수롭지 않게 웃어넘겼지만 사실은 마음이 더 없이 무거웠다. 당시 룬이 이길 수 있었던 이유는 전적으로 방심 때문이었다.

만약 첸젠이 방심하지 않았다면 한 번의 기회조차 잡을 수 없던 싸움이었다.

첸젠이 바르타인공작을 바라보았다. 홀로 룬을 상대하여 설욕할 기회를 달라는 눈빛이었다.

지금은 트린베니아와 전쟁이 한창인 때였다. 한명 한명이 중요한 이시기에 수십 명이 되는 기사를 고작 관전용으로 써야 한다는 건 너무나 비효율적인 처사였다. 룬의 도주를 완벽히 차단하는 역할을 할 수 있다 해도 마찬가지였다.

게다가 만에 하나 첸젠이 다치거나, 혹은 지기라도 한다면? 생각하기도 싫을 만큼 끔찍한 일이다.

그럼에도 바르타인은 고개를 끄덕였다. 효율적인 병력 운용만큼이나 검사로써 자존심도 중요하다고 판단한 것이다.

아직 갈 길이 많이 남아 있었다. 첸젠이 계속해서 전장을 누비는 것을 보기 위해서 이 정도 비효율은 감수할만한 것이었다.

중요한 사람을 다루는 건 어린아이를 달래는 것과 같다. 바르타인은 그 말을 떠올리며 이 상황을 참아 넘겼다.

룬은 마나를 끓어 올렸다. 헤이스트와 스트랭스를 최대한으로 유지시켰다. 뻐드득-. 벌써부터 뼈마디가 비명을 질러댔다.

첸젠은 문소드를 앞으로 뻗었다. 둘의 신형이 한곳에 맞닥뜨려졌다.

룬은 파이어소드로 첸젠의 공세를 방어하면서 지속적으로 거리를 벌렸다. 거리가 벌어지면 온갖 마법과 마나술로 견제를 하였다.

반면 첸젠은 무차별적인 공세를 퍼부었고 거리가 벌어지면 검을 날리거나, 거리가 벌어진 시간만큼이나 빠른 속도로 룬을 압박해 나갔다.

첸젠은 룬과의 대결이 재미있고, 또 그래서 즐기고 싶지만 애써 그런 마음을 접고 오로지 이기기 위해서만 움직였다.

그럼에도 룬은 이전보다 첸젠의 공세가 약하다고 느꼈다. 아무래도 큰 부상에서 깨어난지 얼마 되지 않았기에 몸이 완전치 않았던 것이다.

그렇다면 지금 첸젠의 호기는 룬에게 다시 없을 기회일지 몰랐다. 첸젠은 그 알량한 자존심 때문에 두 번이나 룬에게 기회를 주고 만 것이다.

하지만 룬은 첸젠만큼이나 힘을 쓰기가 어려웠다. 단순히 첸젠처럼 부상의 여파로 인한 일시적인 현상이 아니었다.

'마나가… 빠져나간다.'

물론 룬은 파이어소드를 운용하고 있고 지속적으로 패시브마법을 사용하고 있기 때문에 마나가 빠져나가는 것은 당연했다.

하지만 현재 룬의 상태는 마법으로 인한 변환이 아닌 말 그대로 소진의 개념이었다. 마나연공을 한 이례로 한 번도 이런 일이 없었기에 룬은 당황할 수밖에 없었다.

엎친데덮친 격으로 정신은 점점 혼미해지며 다리까지 풀릴 지경이었다.

이윽고 룬은 볼상사납게 나뒹구는 꼴이 되고 말았다. 손에 들려 있던 파이어소드와 패시브마법은 깨끗이 사라진 지 오래였다.

룬은 바닥에 누워 고통의 신음을 흘리고 있었다. 첸젠이 몹시 당혹스러운 얼굴로 룬을 내려 보았다.

손 끝에 전해지는 여파가 급격하게 약해지는 것은 느끼고 있었다. 방심을 유도한 뒤 일격을 준비하고 있는 건 아닐까 하는 생각에 잔뜩 정신을 집중하고 있던 터였다.

그런데 긴장을 한 것이 허무하리만큼 별것 없는 공격에 갑작스럽게 나자빠져 버렸다.

으윽-.

룬은 발에 밟혀 꿈틀거리는 지렁이처럼 신음을 흘리며 고통을 호소하고 있었다.

혹여 다른 의도를 가지고 연기를 하고 있는 건 아닐까? 그러기에는 룬의 행동에 너무 생동감이 있다. 게다가 이런 상황을 만들 이유도 없다.

그럼 이 말도 안 되는 장면은 뭘까, 정말 그 한방에 나자빠져버린 것일까.

첸젠은 문소드를 거두었다. 흥미가 사라지는 것은 물론
이고 기분까지 더러워졌다.

꿈틀거리며 바닥을 기고 있는 상대방에게 마지막을 선
사해봤자 전혀 마음의 위안이 될 것 같지 않았다.

첸젠은 바르타인에게 걸어갔다. 그것으로 그의 설욕전
은 끝이었다.

"끝입니까?"

상황을 지켜보고 있던 바르타인 역시 현 상황이 의아하
기는 마찬가지인 모양이었다.

첸젠이 고개를 끄덕였다.

"저는 이만 내려가 보겠습니다."

"뒷일은 제가 알아서하죠."

첸젠은 홀로 산을 내려갔다.

바르타인은 군사를 보내 룬을 둘러싸게 했다. 혹시라도
몰라 마법사들까지 동원에 마나의 흐름까지 파악하게 했
지만 역시 아무런 반응도 없었다.

그런데 그때였다. 갑자기 룬의 몸에서 강렬한 마나의 소
용돌이가 발생했다. 그 여파에 주위에 있던 자들은 눈을
제대로 뜨기가 힘들었다.

소용돌이 속에서 룬의 몸이 둥둥 떠 올랐다. 이야기책에
서 나오는 주신이 강림 한 듯 룬은 양팔을 벌리며 좌중을
내려다보았다.

그런데 그 눈에 초점이 전혀 없었다. 눈 전체가 붉게 물들어 도저히 인간의 것이라고는 생각하기 어려웠다.

−권능의 힘으로 맹약자는 곧 나의 의지가 되었노라!

도저히 사람의 입에서 나왔다고 생각하기 힘들만큼 기괴한 음성이 좌중의 귀를 자극했다.

바르타인은 공중에 떠 있는 룬을 올려다보았다. 봉사가 아니고서야 지금 룬의 상태가 평범함과는 거리가 멀다는 것은 눈치 채고도 남았다.

정령을 조심하세요!

보름달이 뜨고, 늑대가 우는 서슬퍼런 어느날.

당신을 잡아 먹을 거에요.

정령을 조심하세요!

그들은 당신의 친구가 아니에요.

정령을 조심하세요!

최초의 정령왕과 맹약을 맺은 인간의 입에서 음유시인에게로 전해져 온 노래가 누군가에 의해 불려졌다.

바르타인은 소리가 들린 곳에 신경질적으로 고개를 돌렸다.

하지만 좌중들의 틈 속에서 그 노래가 누구에게서 불려졌는지 찾을 수 없었다.

정령을 조심하세요!

그들은 인간을 잡아 먹을 거예요.

그들은…

으악!

노래를 부르던 누군가는 귀신이 들린 듯 비명을 내지르기 시작했다. 한편의 연극과 같은 이 상황에 좌중들은 알 수 없는 공포감에 휩싸였다.

공포는 비단 뜬구름 잡는 분위기 때문에 생겨난 것은 아니었다.

정령왕 이프리트! 그가 모습을 드러낸 것이다. 정령왕이 아닌 인간의 모습으로. 그것은 인간계에 개입할 수 없는, 그리하여 인간을 해칠 수 없는 규율이 통하지 않는 다는 뜻이었다.

하지만 이프리트는 굉장히 자비로운 존재였다. 누구도 그렇게 생각하지는 않을 테지만….

─살고 싶은가. 살고 싶으면 도망쳐라!

그것은 인간을 벌레처럼 생각하는 이프리트의 입장에서 보면 굉장한 선처였다. 하지만 무지한 인간은 그것이 어떠한 의미인지 깨달을 수 없기 마련이다. 하필 가장 현명하고, 현실적이고, 중요한 한 명이 그 무지한 인간에 속했다.

"검을 드십시오! 검을 들어 이 연극을 끝내십시오."

정령왕의 존재를 한낱 인간의 기준으로 생각한 무지다.

기사들은 우물쭈물하며 감히 검을 꺼내지 못했다.

하지만 상관없는 일이었다. 자비로운 이프리트가 준 기회는 그것으로 사라지기에 충분했다.

룬의 몸이 붉게 달아오르며 불길에 휩싸였다. 불길을 룬을 떠나 곧 주위를 휘감았다. 모든 것을 태워버릴 것만 같았다.

하지만 불길은 눈이라도 달린 듯 풀이나 나무 따위에는 전혀 영향을 주지 않았다. 오직 인간에게만 끔찍한 참사를 만들어 냈다.

일방적인 대학살이었다. 누구도 그것을 막을 수는 없어 보였다.

"도망가지 마라. 뭣들하는 것이냐. 도망가는 자는 군령으로 엄히 다스리겠다."

바르타인의 외침은 무의미한 것이었다. 이미 그를 제외한 좌중들은 모두 불에 타 흔적도 없이 사라져 가고 있었다. 다만 바르타인은 그 사실을 인지할 수 없었다.

룬의 몸을 빌린 이프리트는 바르타인에게 바싹 다가왔다.

-어리석은 인간이구나.

이프리트는 룬이 보고 듣는 것을 느낄 수 있었다. 그래서 바르타인이 룬에게 어떤 존재인지 알고 있었다.

—멍청한 나의 맹약자는 끝까지 갈등을 하였지. 이 몸을 얻은 대가로 너의 마지막은 내 손으로 직접 선사해주마!

룬의 손이 바르타인의 머리를 쥐어 잡았다. 바르타인의 몸이 서서히 위로 들어올려졌다.

"난, 이렇게, 이런데서 죽을 몸이 아니라고."

이제 손아귀에 힘만 주면 모든 게 끝났다.

그런데 그때 하늘에서 아주 작은 빛줄기가 뻗어 내려와 룬의 머리 위로 떨어졌다.

자세히 보니 그것은 햇살이 검에 반사되어 나타난 현상이었다. 빛줄기처럼 하늘에서 떨어진 사내는 룬을 향해 검을 휘둘렀다.

쨍그랑! 마치 유리가 부서지는 듯 한 소리가 났다. 사람 몸이 갈라질 때 저런 소리가 났던가?

하지만 사내가 가른 건 룬이 아니었다. 룬의 주위에 은근히 생성되어 있던 하나의 막이었다.

"오랜만이로군."

검은 머리에, 검은 눈동자를 가진 낯선 사내. 월야의 음성은 호기로움 그 자체였다.

이자벨리아에게 잭스의 소식을 들은 후 월야는 곧장 바르타인에게 향했다. 하지만 도착하기 전 전후사정을 알게 된 그는 소리에 발길을 돌렸다.

그러던 중 한 가지 생각이 머리에 떠올랐다.

룬[lune].

이름이자, 육체를 뒤바꾸는 고대의 마법이기도했다. 그것을 떠올린 월야는 곧 한 가지 미확인된 결론에 도달 하였다. 룬은 잭스일지 모른다.

월야는 다시 발을 돌렸고 때마침 토벌대 출정했다는 사실을 알게 되어 뒤따라 왔던 것이다.

–후우, 인간! 그때 너로구나.

"잘 되었군. 그때 끝내지 못한 승부를 내면 되겠어."

월야는 한손으로 검을 빙빙 돌리더니 룬의 육신을 빌리고 있는 이프리트를 향해 겨누었다.

정령은 인계로 현신하면서 많은 힘을 소진한다. 하지만 현재 이프리트는 룬의 몸에 들어와 있는 상태였다. 본인의 힘 그대로 현신한 것이다. 다만, 인간의 몸인 룬이 이프리트의 힘을 버틸지는 별개의 문제였다.

월야는 눈을 감았다. 그리고 이프리트를 향해 천천히 검을 찔러 넣었다. 무언가에 흡수되듯 천천히 뻗어가던 검은 무형의 벽에 막혀 잠시 주춤하였다.

하지만 곧 검은 멈추지 않았고 마침내 룬의 몸에 닿았다.

–쿠어워!

죽음의 전사 데스나이트가 울부짖는 듯 한 소리가 났다. 룬의 몸을 감싸고 있던 불길이 차츰 잦아들었다. 붉게 물든 두 눈에 검은 눈동자가 돌아왔다.

심검.

마음으로 검을 움직이는 경지.

월야의 검이 룬이 아닌 그 속에 감춰져 있는 본질을 꿰뚫은 것이다.

-쿠오오!

이프리트가 울부짖었다. 불길이 다시 피어올랐고 두 눈이 핏빛으로 물들었다.

월야는 검을 거두며 한 발 뒤로 물러났다. 분위기가 심상치 않았다. 인간의 몸으로 현신한 이프리트는 오히려 이전보다 못하면 못했지 강하지는 않았다.

하지만 그는 지금 룬의 몸에 들어와 있다. 함부로 살수를 쓸 수가 없었다.

게다가 이프리트는 지금 룬의 몸이 어떻게 되든 말든 본신의 힘을 모두 쏟아낼 기세였다.

제압을 하자니 룬의 안위가 문제가 되고, 그렇다고 무작정 물러날 만큼 만만한 상대도 아니었다.

마침내 월야는 결정을 내렸다. 어차피 이프리트의 힘이 폭주하면 인간의 몸은 버텨내지 못한다. 그렇다면 차라리 깔끔하게 그 전에 처리를 하는 편이 나으리라.

만약 이프리트의 본신의 힘이 모두 발현 된다면 월야로써도 감당할 수 없을 것이었다.

월야는 다시 눈을 감았다.

룬은 아득한 침대위에 있는 기분이었다.

'이곳은 어디지.'

눈을 떠도 아무것도 보이지 않았다. 칠흑같은 어둠 뿐이었다. 가슴이 답답했다.

'이곳을 나가야 돼.'

룬은 위로 올라갔다. 그러다 어느 순간 보이지 않는 벽에 부딪쳤다. 정령왕이라는 벽이었다.

-이 몸은 이제 나의 것이다.

정령왕은 그렇게 말하고 있었다.

이 몸이 내 것이 아니라고? 룬은 인정할 수 없었다.

"이 몸은 내 것이라고."

-이 몸이 네 거라고?

그때 어디선가 다른 목소리가 들려왔다. 처음 들어보는 목소리였다. 하지만 너무나도 익숙하여 도저히 처음 들어봤다고 생각할 수 없을 정도였다.

-웃기지 마. 이 몸은 원래 내 것 이라고. 너는 가짜야. 내가 진짜라고.

원래 이 몸의 주인. 베르난도백작의 진정한 셋째아들. 룬이었다.

-너도 네 마음대로 내 몸속에 들어왔잖아. 이제 너도 같은 처지가 됐을 뿐이야.

"아니, 너는 룬이 아니야. 나약한 내 마음 한구석에서 만들어낸 환영일 뿐이라고. 꺼져버려."

그때 룬의 뇌리에 아무리 꺼내려 해봐도 떠오르지 않던 것이 떠올랐다.

룬[lune]. 룬의 영혼을 이곳으로 인도해준 고대의 마법. 아틀란드에게 검에 찔려 죽음을 임박한 상황. 그때 떠오르던 것이 바로 룬[lune]이었다.

지금 룬[lune]의 묘리가 떠올랐다는 건, 죽음의 위기가 닥쳤다는 뜻이리라.

룬은 지체 없이 룬[lune]을 시전했다.

이프리트가 맹약으로 룬의 몸을 차지했다면, 이제는 그 반대였다. 룬이 이프리트가 차지한 자신의 몸을 차지하는 것이다.

하지만 룬[lune]은 발동하지 않았다. 지금 룬의 몸은 이프리트가 차지하고 있지만, 어디까지나 본인의 몸이었다. 본인의 몸을 본인이 룬[lune]으로 들어갈 수는 없는 것이다.

룬은 절망했다. 룬[lune]이 아니라면 이 칠흑같은 암흑을 빠져나갈 방도는 떠오르지 않았다.

'내 몸은 정령왕이 지배하고 있어. 만약 내가 정령왕을 지배한다면? 그럼 정령왕이 지배하고 있는 내 몸 역시 나의 것이 되는 것인가?

깊게 생각할 겨를은 없었다. 룬은 아득한 저 먼 곳으로 자신의 영혼이 완전히 잠식당해가고 있음을 느꼈다.

원래 이 몸의 주인도 본인과 같았을까? 그런 생각을 하니 발버둥치고 있는 자신이 이기적으로 느껴졌다.

그러나 생존본능 앞에서 그런 사색은 오래가지 않았다.

룬은 룬[lune]을 시전했다.

월야의 검은 아예 존재하지 않았다. 하지만 그는 검을 들고 있었다. 보이지 않는 그의 검은 룬의 몸이 아닌 정령왕 본신에게로 향하고 있었다.

-가소롭구나. 감히 나 이프리트의 본신에 정면으로 도전을 해?

말 그대로였다. 월야가 아무리 인간의 한계를 훌쩍 뛰어넘은 고수라 할지라도 정령왕의 본신의 힘과 대적할 수는 없었다.

하지만 월야는 어떤 면으로는 치밀하지만 또 어떤 면으로는 생각 없이 밀어붙이는 경향이 있었다. 그래서 될지 안 될지 생각하기 보다는 일단 해보고 판단을 하는 것이다.

과연, 정령왕의 힘은 거대했다.

마음으로 검을 움직여, 본질을 꿰뚫는 월야의 심검이지만 정령왕의 진정한 힘 앞에서는 무용지물이 되고 말았다.

결국 정령왕이 차지하고 있는 룬의 육신을 깨부수는 수밖에 없는 것인가.

그렇게 생각을 하고 있는 데 갑자기 정령왕의 본신에 틈이 생겼다.

그 어떠한 공격에도 끄떡없는 철옹성과 같은 정령왕의 본신에 무슨 일이라도 생긴 것인가? 아니면 이제야 마음이 검이 통한 것인가.

어찌됐든 정령왕의 본신에 틈이 생겼다. 월야는 더욱더 마음의 검에 힘을 실었다.

한 줄기 빛으로 떠돌던 룬의 영혼이 정령왕의 속으로 들어갔다. 이제 정령왕의 영혼을 몰아내고 룬이 들어가는 일만 남았다.

하지만 당시 룬이 이 몸을 차지할 때와는 상황이 많이 달랐다. 그 때 이 몸의 주인은 숨은 쉬고 있지만 이미 영혼이 떠난 상태였다. 즉, 죽어 있는 상태였다.

그런 몸을 차지하는 것과 정령왕을 차지하는 것은 비교 대상이 될 수 없었다.

-인간 따위가 감히 나를?

이프리트는 자신의 영혼을 침투해 오는 것을 느꼈다. 그리고 코웃음을 쳤다. 한낱 인간 따위에게 영혼이 잠식당할 정령왕이 아니었다.

그런데 그때 자신의 본신을 공격해 오는 것이 하나 더 있었다.

마음으로 본질을 꿰뚫는 월야의 심검이었다.

하지만 정령왕은 스스로 위대한 존재임을 증명하듯 아슬아슬하면서도 둘의 공격을 막아냈다.

월야는 서슬퍼런 검이 룬의 몸으로 향했다. 아무런 오러도 서리지 않은 순수한 검. 그러나 그 검에 깃든 힘은 오러블레이드조차 단숨에 찢어낼 정도였다.

소드블레이드. 검 자체가 오러가 되는 경지. 오러블레이드가 마스터의 전유물이라면 소드블레이드는, 검과 본인이 혼연일체과 되는 그랜드마스터의 전유물이었다.

월야의 소드블레이드는 룬을 감싸고 있던 불길을 단숨에 제압했다. 그리고 룬의 몸을 꿰뚫었다.

-크아아아아악!

이프리트의 비명이 산을 울려댔다. 그리고 이어지는 균열.

룬은 철옹성같던 이프리트의 영혼에 균열이 생기자 먹이를 노리는 독사처럼 끈질기게 물고 늘어졌다.

이프리트는 진퇴양난에 빠져버렸다. 정령왕 본연의 모습이었다면 있을 수 없는 일이지만, 인간의 육신을 차지하고 있는 탓에 물리적인 공격에 타격을 입고 만 것이다.

마스터 위의 존재인 그랜드마스터. 그리고 소드블레이드. 과연 대륙을 통일한 흑풍대 궁극의 기술이었다.

더 이상 버틸 재간이 없는 이프리트는 결국 룬의 몸을 떠나기로 마음먹었다. 그러나 룬[lune]이라는 강력한 결계 때문에 그것도 마음대로 할 수 없었다.

이대로라면 한낱 인간에 의해 영혼이 먹혀 버리는 대 참사가 일어날 지경이었다. 이 난관을 빠져 나갈 길은 단 하나. 새로운 맹약자를 구하는 것이었다.

월야는 만만치 않았고 스엣은 의식이 없었다. 폴은 맹약자로 선택하기에 턱없이 부족했다. 바르타인 역시 의식이 없었고, 이외의 사람은 모두 죽어 있었다. 적합한 사람이 없었다.

그런데 그때 이프리트의 감각에 다른 사람의 기척이 전해졌다. 게다가 그는 맹약을 맺기에 충분할 만큼 강했다.

이프리트는 지체없이 그와 맹약을 시도했다. 룬의 몸을 차지하면서, 기존의 맹약은 무위로 돌아간 지 오래였다. 중복된 맹약을 맺을 수 없는 절대적인 규율이 적용되지 않는 것이었다.

이프리트의 영혼이 룬의 몸에서 순식간에 사라졌다. 룬의 몸에 변화가 생기는 걸 인지한 월야가 급히 검을 거두었다. 공중에 떠 있던 룬의 몸이 꺼지듯 바닥으로 떨어졌다. 월야는 룬의 몸이 바닥에 닿기 전에 손을 뻗어 받았다.

룬은 마침내 본인의 몸을 다시 되찾았지만 이미 월야의 공격에 몸은 망가질대로 망가져 있었다. 설상가상으로 이프리트가 남기고간 불에 힘이 망가진 몸에 불씨를 지피고 있었다.

룬은 몸을 되찾자마자 극심한 통증에 시달려야했다. 아이러니하게도 이프리트에 의해 육신을 빼앗겼을 때는 또렷했던 정신이 오히려 혼미해져갔다.

월야는 룬을 바닥에 잘 눕힌 뒤 상태를 살폈다. 룬을 살피는 월야의 얼굴이 좋지 못했다.

'내 손을 이미 떠났다.'

월야는 잭스에게 본인의 마나연공의 반대의 길을 일러주었다.

그럼에도 잭스가 성과를 보일 수 있던 건 음양의 조화가 반대로 일어나는 구음절맥이라는 특이한 체질 때문이었다.

하지만 룬의 체질은 평범했다. 그렇기에 잭스의 마나연공법은 룬의 몸을 해치는 것이었다.

여태까지 그러한 기색이 나타나지 않은 건 크게 두 가지 이유 때문이었다. 처음 마나의 길을 뚫을 때 영약을 먹었고, 그 후 깨달음으로 상단전을 개척했기 때문이다.

상단전을 뚫었다는 의미는 인간이 가지고 있는 한계를 한 단계 뛰어넘는다는 것이다. 이는 즉 마법사로 따지자면 7서클을 넘어 8써클에 다다랐다는 뜻이다.

하지만 룬은 상단전을 뚫었음에도 마나연공의 부조화로 인해 그 경지를 맛볼 수 없던 것이다. 룬이 막연하게 생각하던 벽은 사실, 잘못된 마나연공에 기인한 것이다.

영약과 상단전, 얼핏 보면 천운이 따른 것 같으나 오히려 그 반대였다. 잘 못된 마나연공법이 쌓이고 쌓여 결국 곪게 되었고, 이프리트의 현신이 기폭제가 되어 완전히 되돌릴 수 없는 지경에 이른 것이다.

물론 룬의 현재 상태라면 그런 것과 상관없이 버틸 재간이 없었겠지만, 상황이 참담하게 진행 되자 괜한 자책이 든 것이다. 다만, 전후사정을 모르는 월야는 어떻게 룬이 반대로 연공을 하고도 아직까지 버텨내고 있었는지 의아할 뿐이었다.

"결국 모든 게 나의 불찰 때문이로구나…"

월야는 자책을 하면서도 억지로 룬을 일으켜 세웠다. 그리고 마나를 불어 일으켜, 반대로 되어 있는 마나의 길을 원래의 것으로 되돌려 놓았다.

룬의 몸은 현재 소드블레이드에 의해 상처를 입었고, 정령왕의 힘이 불씨를 짚이고 있었다. 거기에 현재까지 개척했던 마나의 길을 완전히 되돌린다면 버텨낼 재간이 없을 터였다.

사실 위에 세가지중 하나씩 발생해도 보통 사람이라면 버텨낼 수 없었다. 그런 온갖 것을 동시에 세 개나 발생한다면 차라리 편하게 보내주는 것만 못할 수도 있었다.

그럼에도 월야는 이제까지와 완전히 반대가 되는 마나의길을 개척하기 시작했다. 화흠으로 시작하여 승장까지, 다시 장강으로 시작해 은교, 그리고 백회혈. 임맥과 독맥, 그리고 상단전까지. 이제까지 룬이 했던 반대의 길을 되돌았다.

월야는 룬에게 손을 뗐다. 이제 완전히 자신의 손을 떠났다. 살고 죽는 것은 하늘이 정해주는 것이다.

풀썩. 월야가 막 룬에게서 손을 뗀 사이 바로 옆에서 둔탁한 소리가 났다.

고개를 돌려 그곳을 보니 낯선 사내가 스엣을 안은 채 거의 쓰러지기 직전의 모습으로 있었다.

스엣이 정신을 잃는 바람에 나무에서 떨어지게 되었고 그것을 사내가 재빨리 먼저 내려와 그녀를 받은 것이다.

"스엣…"

그녀를 보자 월야의 얼굴에 수많은 감정들이 스쳐갔다.

월야는 사내에게서 스엣을 데려 온 다음 바닥에 눕혔다. 마나블록의 여파가 있는 상태에서 무리하게 마나를 끌어 올리다 혼절한 것이다. 시간이 지나면 굳이 손을 쓰지 않더라도 회복될 터였다.

월야는 치료대신 그녀의 머리를 쓰다듬었다. 옆에는 룬이 쓰러져 있고 앞에는 자신의 양녀가 쓰러져 있다. 이 모든게 자신의 불찰인 것만 같아 마음이 무거웠다.

월야는 시선을 돌려 사내를 보았다. 익숙한 기운이 느껴졌다.

바르텐대제의 마나연공은 숨기려 해도 감출 수 없는 특이한 기운을 내뿜는다. 그래서 같은 단순히 보는 것만으로도 대제의 연공을 익히고 있는 지 알 수 있었다.

이 경우에도 고하의 논리는 그대로 적용 된다. 그래서 월야는 폴을 단번에 알아봤지만, 폴은 월야를 알아볼 수 없었다.

월야는 천천히 걸어가 폴의 맥을 짚었다. 폴은 별다른 반항을 하지 않았다.

맥을 짚은 월야는 더욱 확실히 폴의 상태를 알 수 있게 되었다.

"역류에 역류를 보태 순류가 되었구나."

폴로써는 그 말의 의미를 헤아릴 수 없었다. 사실 깊은 뜻이 있는 것도 아니었다.

룬은 마나연공을 반대로 익힌 상태였다. 그것을 모르는 룬이 폴에게 자신과는 반대의 마나연공을 익히게 해주었고, 그 결과 뜻하지 않게 폴은 진정한 바르텐대제의 연공을 하게 된 것이었다.

월야는 잠시간 폴의 처분에 대해 생각을 해야 했다. 하지만 생각은 오래가지 않았다. 이유야 어찌됐든 마나연공을 익혔다는 건 같은 사문이 됐다는 것이었고, 그것은 한 울타리 안의 존재가 됐다는 것이었다.

'구결을 알고 있지 않다면 상관없겠지.'

월야는 잭스에게 마나연공의 모든 것을 전수해주었다. 구결을 시작해 마나의 길의 세세한 위치와 원리. 모두를 말이다. 그렇기에 스스로 연마를 하는 것은 물론 타인에게까지 영향을 줄 수 있던 것이다. 모든 것을 반대로 알려주기는 했지만, 어쨌든 기본 원리는 같았기 때문이다.

하지만 스엣에게는 그렇게 하지 않았다. 마나의 길을 개척해주어 연공을 익히게는 해주었지만 중요한 구결과 마나의 길의 세세한 위치나 원리는 설명해 주지 않았다.

그래서 스엣은 본인은 연공을 연마할 수 있어도 다른 사람에게까지 영향을 줄 수는 없던 것이다. 그리고 그건 폴도 마찬가지였다.

"나에게 아홉 번의 절을 올려라."

폴은 절이라는 단어를 이해할 수 없었다. 하지만 문맥상 예를 갖추라는 뜻 같았다.

폴은 자리에서 일어난 다음 다시 한쪽 무릎을 꿇고 오른팔을 내민 뒤 고개를 숙였다. 폴은 그 과정을 아홉 번 반복하였다.

"썩 눈치는 있는 놈이구나. 아홉 번의 예를 올렸다는
건…."

월야는 폴을 향해 이런저런 이야기를 해주었다. 마치 암
기를 하고 있다 기회가 되자 쏟아내듯 말이 튀어나왔지만
중심적인 내용은 하나였다.

"예. 마스터!"

폴은 월야의 말을 그렇게 해석했다.

"마스터라… 나쁘지 않구나."

월야는 폴과 함께, 룬, 스엣, 그리고 아직 숨이 붙어 있
는 바르타인공작을 데리고 산속을 빠져나갔다.

NEO FUSION FANTASY STORY & ADVANTURE

LINE

제 8 장

잃은 것과 얻은 것

제8장
잃은 것과 얻은 것

    다쓰러져 갈 것 같은 초가집, 그 안에 월야의 일행은 임
시로 자리를 잡았다.

    "아버지!"

    얼마 후 스엣이 깨어났고 월야를 보자마자 눈물을 왈칵
쏟아내었다.

    "어떻게 된 거에요."

    월야는 그저 미안하다는 말과 함께 얕게 미소지을 뿐이
었다.

    "이제 안 떠나실 거죠?"

    월야는 스엣의 머리를 쓰다듬어 주었다.

    "그래. 다시는 말없이 떠나지 않으마."

월야는 강한 힘과 다르게 인간 사이의 관계가 서툴렀다. 쓰러져 있는 룬, 스엣의 눈물을 보자 그런 자신에 몹시 싫증이 났다.

이런저런 이야기를 나누며 회포를 푼 스엣은 곧 그간 있었던 일에 대해 설명하기 시작했다.

스엣의 이야기를 듣던 월야는 조금 놀란 눈치였다. 잭스에게 룬[lune]의 묘리를 가르쳐 준 것은 맞지만, 정작 가능할 거라고는 생각지 않고 있던 것이다.

그리고 바르타인에 대한 이야기를 들었을 때는 몹시 분개하였다.

"오라버니는 어떻게 된 거에요?"

월야의 얼굴에 수심이 깃들었다.

"죽고 사는 것은 다 하늘의 뜻. 오늘은 넘긴다면 살 것이고, 아니라면 죽을 것이다. 죽는다면 썩어갈 하나의 육신에 지나지 않지만, 산다면 발틴의 재림이 될 거다."

그때 폴이 양동이에 물을 싣고 들어왔다.

스엣의 얼굴에 다시 물음표가 생겼다.

"뭐, 그렇게 됐다."

스엣은 그 짧은 말에 내포된 많은 의미를 알 것 같았다. 폴에게서 전해지는 연공특유의 기운을 느낀 것이다.

폴은 수건에 물을 적셔 룬의 몸을 닦아주었다. 만난 지 얼마 되지 않지만, 룬은 처음 이름을 불러주었고, 많은 것

을 베풀어주었다. 이유야 어째 됐든 말이다. 그래서 폴은
진심으로 룬의 안위가 걱정 되었다.

폴이 룬의 몸을 닦은 지 얼마 되지 않아, 갑자기 발작을
일으키기 시작했다. 폴이 화들짝 놀라며 물수건을 떨어뜨
렸다.

월야와 스엣이 놀란 채 룬에게 왔다. 룬의 상태를 보는
월야의 얼굴에 이채가 서렸다.

"아무래도, 내가 나서야겠구나."

월야의 얼굴은 서글퍼 있었고, 그래서 스엣은 꼭 무슨
사단이라도 날 것만 같은 기분이었다.

룬은 눈 하나 뜰 기운이 없었다. 그럼에도 온몸의 감각
은 하나하나 살아 있었다. 소드블레이드에 당한 지독한 상
처. 마음대로 꼬아져 있는 마나의 길. 그리고 온 몸을 짓누
르고 있는 정령왕의 기운.

'마나의 길이 완전히 뒤바뀌 있다. 하지만 편안 해. 그
렇구나, 이것이 진정한 연공이었어.'

룬은 자신의 몸이 죽어가고 있는 것이 뒤바뀐 마나의 길
때문이 아니라는 것을 알았다. 그리고 유일하게 살길은 이
뒤바뀐 마나의 길을 통해 정령왕의 기운을 갈무리 하는 것
뿐이라 생각했다.

건은 손 하나 까닥할 수 없는 와중에 연공을 시작했다.

그것은 이제까지 하던 것과는 완전히 반대되는 것이었다. 화흠으로 시작하여 승장, 다시 장강으로 시작해 은교, 그리고 백회혈.

불의기운이 마나의 길을 지날 때마다 지독한 통증을 수반했다. 이윽고 모든 길을 돌아 마나홀에 쌓이자 몸이 타들어갈 듯 뜨거웠다.

인간의 몸으로는 감당하기 힘든 거대한 힘. 거기다 이제까지와는 완전히 반대되는 마나의 길. 소드블레이드에 의한 상처. 어느 것 하나만도 만만한 것이 없었다.

그때 월야가 룬의 배를 강하게 눌렀다. 룬이 튕기듯 공중에 떴다. 등을 치자 룬의 몸이 강시처럼 세워졌다.

월야는 발끝부터 시작해 머리까지 손가락을 찔러 넣었다. 다시 반대로 몸을 돌려 앞쪽도 똑같은 과정을 반복했다. 그러자 룬이 한 웅큼 선혈을 토해냈다. 선혈이 월야의 머리로 쏟아졌다.

개의치 않고 뒤이어 룬의 어깨를 쳤다. 룬이 꺼지듯 내려와 자리에 앉은 형상이 됐다. 월야가 룬의 머리에 손을 가져다 댔다.

그리고 알 수 없는 괴상한 주문을 외우기 시작했다.

룬은 고통스럽지만 계속 연공을 하였다. 어느 순간 고통은 잦아들었고 이윽고 편안한 지경이 되었다.

[세상을 보는 것은 눈이요, 깨닫는 것은 마음이로다.]

론의·머릿속에 연공의 구결이 떠올랐고, 순간 그 의미가 친근하게 다가왔다.

'사물이 진정한 이치는 마음을 통해서 보는 것. 마음으로 보는 것이란 혜안을 갖는다는 것. 이는 몸의 감각이 눈과 같이 하나하나 깨어난다는 것이 아닌가.'

마나의 길을 통해 마나를 갈무리해 마나홀에 저장한다. 하지만 진정한 상단전이 열린다는 의미는 마나의 길이 백회혈까지 확장된다는 수준이 아니다.

온몸의 감각이 깨어나는 경지. 눈이 아닌 마음으로 보는 경지. 마나가 순환하여 마나홀에 쌓이는 것이 아닌, 마나그 자체가 몸과 하나가 되는 것이다.

순간 론의 몸에서 회오리바람이 일었다. 뒤이어 몸이 둥둥 떠올랐고 황금빛으로 물들었다. 월야는 그 힘에 튕겨져나가 바닥을 뒹굴었다.

월야, 스엣, 폴. 셋은 멍하니 그 광경을 바라보았다. 이윽고 회오리가 걷혔고 론이 모습이 육안으로 확인되었다. 론의 몸은 백옥같이 고왔다.

환골탈태. 온 몸이 마나를 받아들일 수 있게 완전히 변화한 것이다. 작은 마나홀만으로 벅찼던 불의 기운이, 진정한 상단전이 열리며 환골탈태에 이르자, 오히려 몸을 채워주는 것으로 변한 것이다.

론은 서서히·내려와 착지를 했다. 옷을 전혀 입지 않았

다는 것을 깨닫고는 아무거적대기나 걸쳐 입었다. 사부,
스엣, 폴의 모습이 순차적으로 보였다.

룬은 그들에게 다가갔다.

"사부…."

월야를 부르는 룬의 음성은 침음했다.

"여, 한 단계 진보했구나."

반면 월야의 음성은 담담했다.

"사부…."

룬은 다시 한 번 월야를 불렀고, 월야는 아무렇지 않다
는 얼굴을 했다. 이십대의 매끈한 미남자의 모습은 더 이
상 온데간데 없었다. 그 대신 백발이 무성한 노인이 있을
뿐이었다.

"이게 원래 내 모습이다. 나도 이제 나이에 맞게 살아야
지. 몸은 이십대인데 속은 중늙은이니 영 부조화가 심해서
말이야."

월야는 정령왕의 힘을 중화시키기 위해 자신의 힘을 쏟
아 부었고, 그 결과 반로환동의 경지가 깨져 버렸다. 하여
한 번의 환골탈태를 겪은 몸이지만 백발이 무성한 지경에
이른 것이다.

"그래도."

월야가 룬의 어깨를 강하게 쳤다.

"이놈아. 나 아직 안 죽었다. 한 번 보여주랴."

월야는 괜히 팔을 휘두르며 강압적인 행동을 취했다. 하지만 룬은 한 없이 약해진 월야의 몸놀림을 보며 침울한 마음이 더 들 뿐이었다.

"됐어요. 뭐 볼게 있다고."

룬은 퉁명스럽게 말했고, 슬퍼하지 않는 것이 사부의 노고를 헛되지 않게 하는 길이라 생각했다.

"그래, 그래야 내 제자지."

껄껄 웃는 월야의 모습은 호탕한 노인과 같아 보였다.

"할 말이 많겠지만 우선은 자리를 옮기도록 하자."

"예."

"너는 저놈을 데리고 오거라."

폴이 바르타인을 들쳐 업었다. 그 모습을 보자 룬의 얼굴에 의문이 서렸다. 폴이 함께 있다는 건 이해가 되었다. 그런데 바르타인이 왜 여기에 있는 것일까?

룬의 얼굴을 본 월야가 혀를 차며 말했다.

"쯧쯧. 감정에 휩싸여 이해득실을 따지지 못하다니 아직도 멀었구나. 저놈을 죽여 버리는 것이 득인지, 이용하는 게 득인지 한 번 따져보면 명확한 것을."

"하지만…."

룬이 반박을 하려던 찰나 월야가 재차 말했다.

"하지만 뭐? 스엣을 납치하고 너를 이용했으니 복수해야 마땅하다? 나는 널 그렇게 가르친 기억이 없는 거 같은

데. 지난 일은 지난일. 현 상황에 이용할 수 있는 모든 것을 이용한다. 자기에게 칼을 겨눈 자에게 자비를 베풀 필요는 없지만 이용가치가 있다면 칼을 잠시 미뤄도 된다."

"그러기 위해서 가장 중요한 것은 다름 아닌!"

"힘!"

월야와 룬이 동시에 말했다.

룬은 발걸음을 재촉했다.

❖

폴센의 연구실.

"바르타인이라는 구심점이 사라졌으니 새로운 구심점이 필요한 시점입니다. 저는 첸젠님이야 말로 그 인물에 가장 부합한다는 생각이 드는군요."

산맥에서의 참사에서 돌아온 유일한 생존자. 단순히 그 이유 때문에 그런 생각을 한 것은 아니었다.

돌아온 첸젠에게는 변화가 있었다. 폴의 견문으로는 그것이 뭔지 알 수 없었다. 7써클 마법사인 폴도 가늠할 수 없을 만큼 대단한 변화라는 뜻이었다.

"저는 그저 강함을 추구할 뿐 그런 그릇은 못됩니다. 무엇보다 바르타인공작님은 아직 살아계십니다."

룬일행이 바르타인을 살려둔 이유는 단 하나. 이용가치

가 있기 때문이다. 그렇다면 그 가치에 맞는 제안을 한다면 되찾아 올 수도 있다는 소리였다.

"그렇습니까?"

폴센은 조금 의외라는 얼굴을 하였다. 제법 욕심이 많은 인물로 봤는 데, 이제 보니 그 욕심은 그의 말마따나 온전히 강함에 쏠려 있는 듯 싶었다.

"폴센님께서 공작님을 탐탁지 않게 여기는 건 알고 있습니다. 하지만 지금은 그런 것을 따질 시기가 아닙니다. 우선 남대륙을 막는 게 급선무입니다. 그러기 위해서는 먼저 트린베니아와 룬왕국의 협력이 우선되어야 합니다."

추풍낙엽처럼 밀리던 트린베니아는 오히려 제국쪽으로 밀고 올라오고 있었다. 바르테오, 메지아의 힘을 받은 세 명의 제자, 그리고 애드워드와 그를 따르는 용병. 그들이 나서자 전세는 금세 역전이 되고 말았다.

간계를 꾀했던 르니에르왕국쪽도 상황이 좋지 않은 건 마찬가지였다. 훈텐백작과 융커는 완전히 제압되었고, 더 이상 움직일 세작은 남아 있지 않았다.

더 이상 트린베니아와 르니에르왕국과 씨름을 하다가는 남대륙에 의해 전대륙이 쑥대밭이 될 상황이었다.

"지금이라도 그들에게 현 상황의 심각성을 말해주어야 합니다. 그리고 협조를 구해야합니다. 더 이상 전쟁은 안 됩니다."

폴센은 첸젠의 말을 들으며 자신이 너무 개인적인 감정으로 대의를 거스르고 있던 건 아닌지 생각해보았다.

"같이 황제폐하를 알현하러 가시지요. 그분께서도 생각의 전환이 필요한 거 같군요."

"폐하를 알현하는 건 폴센님께 맡기겠습니다. 저는 그보다 먼저 해야할 일이 있습니다. 그들이 이 제국을 완전히 떠나기 전 막아내야지요."

룬 일행은 트린베니아로 전진중이었다. 산맥에서의 사건으로 이미 추격대가 형성되어 있어 길목에 검문이 삼엄했다.

이미 인상착의가 모두 파악된 상태였기에 경계를 모두 따돌리는 것은 무리였다. 하여 몇 번의 작은 교전은 피할 수 없었다.

물론 월야는 느긋하게 뒷짐을 지고 있었고, 룬과 스엣이 나서자 순식간에 제압이 되었다.

하지만 이번에 막아선 자들은 무시할 수준이 아니었다. 대거의 기사와 병사들이 동원된 것이다.

이 정도 규모라면 지나가는 길목을 읽고 병력을 집중시킨 것이 틀림없었다. 그렇다는 건 조금이라도 시간을 지체하다간 지원군에게 포위당할 가능성이 높다는 뜻이었다.

"흘흘, 내가 나서야 될 때가 온 거 같군."

월야는 망설임 없이 무리 속으로 뛰어들었다. 검도 꺼내지 않은 그는 무리 속을 휘젓고 다니면서 틈이 생기는 데로 혈을 짚어 기사들을 무력화시켰다. 백발을 휘날리며 기사들 사이를 헤집고 다니는 그의 모습은 가히 한 마리 나비와 같았다.

포위망이 좁혀지자 월야는 지체 없이 뒤로 물러나 무리로 합류했다.

"사부!?"

룬이 입을 살짝 벌린 채 놀란 눈을 했다. 월야가 어쩌라며 대답했다.

"뭐?"

"힘을 소진하신 것 아니었습니까."

"내가?"

전혀 모르겠다는 듯 대답하는 월야.

룬은 왠지 속은 기분이었다. 하지만 아직 월야가 건제하다는 것에 안도감이 찾아왔다.

룬과 월야는 적진으로 다시 돌격했다. 스엣과 폴은 적당히 좁은 길목을 사수했다.

룬이 지날 때마다 적진 기사들이 추풍낙엽처럼 떨어져 나갔다. 검을 휘두를 때마다 한명, 또 광역 마법을 사용해서 무더기로. 이따금 접근해 오는 이들은 오러실드와 배리어로 무마시켜버렸다.

싸움은 일방적으로 끝이 났다. 그런데 그때 새로운 무리들이 나타났다.

무리의 수는 그렇게 많지 않았다. 하지만 그 중에 익숙한 얼굴이 보였다.

"트린베니아는 어쩌고 고작 저 하나를 잡기 위해 손수 나서셨습니까."

첸젠은 가볍게 그 말을 받았다.

"트린베니아의 전력에 대해 아는 바가 있는 모양이군."

첸젠은 더 바싹 룬에게 다가왔다.

"변했군."

나지막하게 말했지만 귓전에 울리듯 또렷했다.

"당신이야말로."

첸젠의 두 눈은 타들어갈 듯 이글거렸다. 전신에 은은한 붉은 기운이 감돌았다. 룬도 익히 아는 기운이었다.

"이프리트."

일반적으로 정령왕과 맹약을 맺었다고 그의 힘을 사용할 수 있는 건 아니었다.

하지만 당시 정령왕은 월야와 룬의 공격에 소멸되기 직전이었다. 자신의 권능 일부를 첸젠에게 주며 맹약을 맺은 것이다.

덕분에 첸젠은 이프리트의 권능의 일부를 부여받은 상태였다. 이프리트의 기운을 갈무리해 환골탈태를 한 룬과 힘의 근원은 같은 셈이었다.

룬의 눈에 호승심이 가득했다. 첸젠은 이전에도 엄청난 고수였다. 이프리트의 힘을 부여받은 상태라면 자신의 충분한 호적수가 될 수 있을 터였다.

월야가 은근슬쩍 룬에게 다가와 뒷통수를 한 대 갈겼다.

"이놈이, 마음가는데로 행동하지 말라고 누누이 말했거늘."

"아직 아무 짓도 안했다구요."

룬이 억울한 듯 씩씩거렸다.

월야는 첸젠과 룬의 중앙에 섰다.

"그때 숨어있던 그놈이구나. 쯧쯧, 진작 처리를 했어야 하는 건데."

백발이 무성한 노인. 첸젠은 그를 처음 보았다. 하지만 어딘지 익숙한 느낌이 났다.

"그때 산맥에서의…."

산맥에서 멀리서 봤을 때와는 너무도 다른 모습이라 순간 헷갈렸다. 하지만 몸에서 풍기는 기도는 분명 그때 룬의 몸에 빙의한 정령왕과 겨루던 그 젊은 검사가 틀림없었다.

"눈치는 제법이군. 나도 눈치하나는 제법이지. 왜 온 건가? 단순히 한판 붙어보자고 온 것 같지는 않은데."

첸젠은 검을 거둔 다음 한발 앞으로 걸어갔다.

"맞습니다."

그렇게 대답을 하면서 룬을 힐끗거렸는데, 말과는 달리 두 눈에 룬과 마찬가지로 호승심이 가득했다.

"우리가 처한 상황에 대해 좀 더 심도 깊은 이야기가 필요할 거 같습니다."

"우리?"

월야가 코웃음을 쳤다.

"어쨌든 아쉬운 소리를 하러 온 거구만. 좋아, 일단 우리라고 해두지. 그럼 저놈들은 치우고 따로 이야기를 하는 게 어떻겠나? 그럼 일단 들어는 보도록 하지. 우리가 처한 상황에 대해서 말이야. 심도 있게."

"좋습니다. 자리를 옮기도록하죠."

첸젠은 룬의 무리로 걸어왔다. 월야가 긴장을 늦추지 않고 첸젠의 동작 하나하나를 살폈다. 의외로 그는 순순히 무리로 들어왔다.

"필요하다면 결박을 해도 좋습니다."

"강심장이군. 이룬 게 많을수록 겁이 많아지기 마련인데 말이야. 좋아, 마음에 들어. 얘기할 장소는 자네가 정하도록 해."

첸젠이 고개를 끄덕인 다음 앞장섰다. 룬이 그 옆을 바싹 따라갔다. 그 뒤로 스엣과 바르타인을 업은 폴, 제일 뒤에 월야가 뒤따랐다.

첸젠과 룬의 뒷모습에서는 꼭 불꽃이 튀기는 것 같았다. 호승심을 이성으로 억누르고 있는 것이 눈에 보일 지경이었다.

일행은 작은 펍에 자리를 잡았다.

"나그네섬에 오신 걸 환영합니다. 저희 가게는…."

첸젠이 손짓을 하며 주인장의 말을 가로막았다.

"다들 나가있게."

첸젠이 금화뭉치를 던졌다. 가게에 있는 것을 다 팔아도 그만큼은 안됐기에 주인장은 마음이 바뀔세라 얼른 종업원들을 데리고 밖으로 나갔다.

기척이 모두 사라지는 것을 느낀 첸젠은 현재 놓인 상황에 대해 설명했다.

"그러니까 요는 도와달라는 말이군요."

"따지자면 그런 셈이지."

"어제까지만 해도 피튀기게 싸우던 사이인데 도와 달라?"

"적의 적은 친구라 했으니 당장은 급한 불부터 꺼야겠지."

"당신에게는 유감이 없습니다. 상황이 그렇게 위급한 상태라면 도움은 못되더라도 방해는 하지 않을 의향은 있습니다. 하지만 바르타인공작을 내어달라는 요구는 들어줄 수 없습니다."

"바르타인공작님에게 변고가 생긴걸 알면 그늘에 갇혀 있던 귀족들이 들고 일어날 것이 자명하다."

"그건 제 알바 아니죠."

"그럼 이렇게 하면 되겠군."

룬과 첸젠의 시선이 동시에 월야에게 향했다.

"바르타인공작을 르니에르왕국에 볼모로 잡아두는거지. 일단은 모든 상황이 종료될 때까지 말이야. 제국에는 남대륙이 침공해 올 시 요충지가 될 르니에르왕국 파견을 나가있는 것으로 하면 되는 것이고."

"사부."

룬의 언성이 조금 높아졌다.

"왜 이놈아. 나는 저놈에게 이제 별다른 악감정 없다. 물론 내 말을 어기고 너와 스엣을 건드린 건 괘씸한 일이지만, 어쨌든 우리가 이렇게 만났고 네 실력도 일취월장했으니 말이야. 뭐, 굳이 나 아니라도 둘 사이에 다른 원한이 있다면 어쩔 수 없겠지만."

룬은 아무말도 하지 않은 채 씩씩거리며 화를 억누르고 있었다.

"정 억울하면 이렇게 생각해. 너 대신 분란을 막아줄 방파제를 구했다고."

룬은 역시 아무 말도 하지 않았지만, 무슨 생각을 하는지 알겠다는 듯 월야가 씨익 웃었다. 그리고 첸젠에게 말했다.

"어떤가? 내 말대로 할 텐가?"

"알겠습니다."

"그럼 자세한 이야기는 양국 간 알아서 협의하고, 우린 이만 가 봐도 되겠지?"

첸젠이 고개를 끄덕였다. 일행은 펍을 나와 트린베니아로 향했다. 더 이상 일행을 막는 무리는 없었기에 가는 길은 순탄했다.

트린베니아에 도착하고 얼마 지나지 않아 바르타인이 정신을 차렸다.

"으윽."

"정신이 좀 드십니까?"

바르타인은 룬을 보더니 수많은 생각이 스치는 듯 했다. 그 중에 하나는 분명 살아 있다는 안도감이었다.

"어떻게 된 거지?"

바르타인은 혈을 제압당한 상태였기에 움직일 수 없어 누운채로 말을 해야 했다.

"보시다시피 포로가 되셨습니다."

"후후, 포로라. 살아 있다는 걸 다행으로 여길 상황이 아니군."

바르타인의 얼굴은 의외로 평온했다.

"차라리 죽여라!"

천하를 호령하던 제국의 공작이었다. 이렇게 사는 건 그에게 지옥이나 다름없었다. 차라리 죽는 것이 나았다.

"그럴 수야 없죠. 당신이 죽으면 제국이 붕괴된다고 하는데 그럼 남대륙을 막을 수가 없지 않습니까. 그래서야 기껏 살려둔 보람이 없죠. 대 제국의 공작께서 친히 일선에 나와 적들과 싸운다. 멋지지 않습니까? 병사들의 사기가 하늘을 찌를 겁니다."

"나를 이용하겠다는 건가?"

"평생 누군가를 이용만 하셨으니 한 번쯤은 이용당하셔도 괜찮지 않습니까."

"잘못생각하고 있군. 그 정도로는 아무것도 할 수 없어. 내가 왜 위험을 무릅쓰고 너를 끌어들였는지는 전혀 생각지 못하고 있군. 소드마스터로 구성된 부대. 흑풍대의 재림이 있지 않는 한 남대륙은 막을 수 없어. 자네는 그것을 원치 않을 테지. 하지만 상관없어. 이미 폴센님께서 대제의 연공의 비밀을 풀었으니까."

룬이 피식 웃었다.

"정말 그렇게 생각하십니까?"

"괜한 허세를 부리는군."

"폴센님은 제게 제국의 새로운 구심점이 되어 달라 제안을 하셨습니다. 저는 거절했고 차라리 힘으로 제압해 두는 것을 선택 하신 겁니다."

"……?"

"말귀를 못 알아들으신 겁니까, 아니면 인정을 하기 싫은 겁니까? 공작님께서는 이용당하신겁니다."

바르타인의 머리에 폴센과의 대화가 스쳐지나갔다. 그리고 이내 그의 얼굴은 기괴하게 변했다.

"푸하핫!"

룬이 장내가 떠나가라 웃었다.

"공작님의 그 얼굴을 보니 살려두길 잘했다는 생각이 드는군요."

그때 바르타인의 눈에 백발이 무성한 노인의 모습이 들어왔다.

"자승자박! 내 말을 안 듣더니 꼴좋게 됐군."

바르타인은 노인을 처음 보지만 어딘지 낯이 익었다.

"월야…?"

"과연, 감이 좋아."

바르타인은 허무함에 헛웃음을 지었다. 그 동안 대체 무엇을 위해 달려가고 있던 것일까.

룬일행이 거의 남쪽 항구에 다다랐을 때 쯤 바르테오가 나타났다. 이 시기에 전장이 아닌 남쪽부근에 있다는 건, 제국측과 협상이 꽤 진행됐다는 뜻이리라.

"바르타인?"

바르테오는 바르타인을 보고 놀란 얼굴이 되었다.

"후후, 형님. 오랜만이오."

형님이라는 소리에 룬이 화들짝 놀랐다.

"모르고 있었나보군. 삼십년 전 내 눈을 이렇게 만들고 가문을 나간 내 쌍둥이 형님이시지."

"……."

룬은 꼭 멋도 모르고 집안싸움에 끼어든 불청객같은 얼굴이 되었다.

"얼굴을 보니 아직도 본인이 잘 못 되었다는 걸 모르고 있군."

바르타인이 고개를 저었다.

"우리는 그저 가는 방향이 달랐을 뿐입니다."

하며 바르타인은 바르테오의 옆에 있는 헬리오스와, 유렌을 보았다.

"가만히 있을 거란 생각은 안했지만 이 정도까지 힘을 비축해 두었을 거라고는 생각지 못했군요. 크크. 인정하죠. 형님을 너무 무시했습니다."

"잠시 둘이 이야기를 나눠도 되겠나?"

"예."

일행이 자리를 피해주었다.

"당신에게도 우리만큼이나 많은 변화가 있었군요."

헬리오스가 말했다. 룬이 옅게 미소 지으며 고개를 끄덕였다. 유렌은 메지아를 완성시켰음에도 룬이 거대한 산처럼 느껴졌다. 내심 룬을 호적수로 생각하고 있던터라 기분이 뒤숭숭했다.

그러다 스엣의 얼굴을 보고는 어딘지 낯이 익다는 느낌이 들었다,

"스엣?"

"오랜만이에요."

"살아있었군."

유렌의 얼굴에 반가운 기색과 적대감이 동시에 떠올랐다.

"제국의 종자인줄 알았는 데 의외로군."

"죄송해요."

유렌이 책망의 빛을 담아 룬에게 눈짓했다. 룬 역시 미안하다는 말을 되풀이 했다. 유렌은 분개했지만 헬리오스는 늘 그렇듯 무표정한 얼굴을 유지했다.

"오래 기다리게 해서 미안하네."

어느새 바르테오가 다가오며 말했다.

"우린 잠정적으로 제국측과 협조관계를 유지하기로 했네. 제국의 움직임이 성급하다 싶었는 데 그런 이유가 있었는지는 몰랐군."

"괜찮으시겠습니까?"

"어쩌겠나. 내 집이 불타게 생겼는데, 옆집하고 싸울 수

는 없지 않는가. 자네도 바쁠 텐데 이만 가보게. 그리고 약속대로 메지아를 완성시켜줘서 고맙네."

바르테오는 이어 일행과 간단하게 인사를 나누었다. 스엣을 보고도 별다른 변화가 없었다. 모르는 것인지, 모르는 척 해주는 것인지 알 수 없었다.

일행은 다시 르니에르왕국으로 향했다. 중간에 바르타인이 의외의 말을 했다.

"재차 말하지만 현재 전력으로는 남대륙을 막을 수 없어. 이렇게 화합하지 않는 병력으로는 말이지."

"아직도 희망을 품고 있는 겁니까?"

"그저 내가 일군 땅이 야만스런 놈들에게 짓밟히는 걸보기 싫은 뿐이야. 정말 그 뿐이지. 그리고 명심해! 너의그 안일한 생각은 결국 전 대륙을 파멸로 이끌고 말거야. 소중한 사람과의 평안? 남대륙의 야만인들이 전대륙을 뒤엎고 다니는 데도 과연 그게 가능할지 모르겠군."

바르타인의 말은 룬의 뇌리에 계속 맴돌았다. 이건 이기적이고 아니고의 문제가 아니었다. 자신에게 닥친 현실적인 문제였다.

룬은 르니에르왕국에 당도하기 전 월야에게 넌지시 말을 걸었다.

"사부."

"왜?"

"과거에 대해 얘기를 해주세요."

"새삼스럽게."

그렇게 대답하면서도 월야는 과거에 대해 이야기를 하기 시작했다.

월야는 발틴대제와 대륙 통일에 함께한 흑풍대의 일원이었다.

"대륙의 재패는 어렵지 않았어. 문제는 그 뒤에 생겼지. 내가 살던 곳으로 가는 길이 열린 거야. 대제를 비롯한 대원들은 모두 그 길을 따라갔지. 하지만 나 홀로 대열을 이탈해 버렸어. 왜 그런지는 나도 몰라. 그것이 하늘의 뜻이었겠지. 이후 대륙을 분열에 빠졌어. 대혼란이 찾아왔지. 그것을 보며 나는 생각했어. 대제의 마나연공은 이곳에 존재하면 안 되는 거라고."

룬은 묵묵히 월야가 하는 말을 경청했다.

"하지만 그건 나의 착각이었어. 존재하면 안 되는 것이라면, 존재하지 않았겠지. 무책임하게 떠난 것이 문제지 연공은 문제가 아니야. 내가 살던 곳에 다녀오면서 확신을 하게 됐지."

월야가 사는 무림은 흑풍대의 유입으로 많은 것이 변했다. 더 이상 검에 집착하는 것이 아닌 마법이란 학문이 새로 생긴 것이다. 세상은 혼란에 빠질 것 같았지만 의외로 평탄하게 흘러갔다. 월야는 깨달았다. 원래 세상에 존재하

는 것도 없으며, 존재하지 않는 것도 없다고. 새롭게 생겨
나고 사라지며 균형을 맞추는 거라고.

"나는 두려웠어. 하지만 이제는 아니야. 내게 흑풍대의
재건을 말하려고 하는 거지?"

"예."

"내 말속에 이미 대답이 나온 거 같군."

"흑풍대를 맡아 주세요."

"내가? 왜? 난 귀찮은 건 딱 질색이야."

실력적으로는 흑풍대중에서도 최고에 속했으나 일반 대
원으로 행동한 월야였다. 지금에 와서 무슨 영광을 보겠다
흑풍대장이 될 리가 없었다.

"새로운 시대야. 그 시대의 주인공은 너희들 것이지."

NEO FUSION FANTASY STORY & ADVANTURE

LUNE

제 9 장

결전을 향해

제 9 장
결전을 향해

르니에르왕국에 도착한 룬은 제일먼저 백작가에 들렀다.

"새 친구들을 소개하죠. 이쪽은 제 사부, 그리고 이쪽은 저의 동생, 이쪽은 음… 동료? 쯤으로 해두죠."

폴은 동료라는 말을 듣자 가슴이 두근거렸다.

"반갑습니다. 베르난도백작입니다."

"호드만입니다."

"집사 르넨입니다."

"부집사 오르온이에요."

각자 인사를 나눈 일행은 이런저런 이야기를 나누었다. 백작가의 사람은 월야와 스엣의 존재에 제법 놀라는 눈치였다.

"그런데 큰일입니다. 토르기사단에게 문제가 생겼습니다."

그렇지 않아도 걱정을 하고 있던 터였다. 룬은 곧바로 토르기사단을 소집했다.

"주군."

룬을 보자 폴리에오르를 비롯한 기사들의 얼굴이 침울해졌다. 마나유저에 들어선지 얼마 되지 않아 모든 힘을 소진했기 때문이다. 그것이 잘 못된 연공에 있는지도 모르고 자신들을 책망한 것이다.

"면목없습니다."

"여러분들 탓이 아닙니다. 제 잘못입니다. 하지만 걱정하실거 없습니다. 이제부터라도 바로 잡으면 되니까요."

뒤이어 룬은 결의에 찬 포부를 내비쳤다.

"저는 최고의 군대를 만들 겁니다. 이 르니에르가 아닌 전대륙에 내놓아도 호령을 할 그런 군대를 말입니다. 그 중심은 여러분들이 될 겁니다."

허황된 이야기지만 가슴이 두근거렸다. 늘 믿기 힘든 말을 했지만 언제나 실현해 낸 룬이었다.

룬은 현재 놓인 상황을 설명하였다.

"지금이라도 두려우신분들은 기사단을 떠나셔도 됩니다."

장내는 고요해졌고 순간 레이센드가 화가 난 듯 말했다.

"아니 그게 무슨 말입니까? 무서우면 나가라니요. 그런 무책임한 말이 어디 있습니까? 우리는 떠나지 않을 겁니다."

뒤이어 한 두 명씩 일어나 레이센드의 말에 동조했다.

"여러분들에게 소개시켜줄 사람이 있습니다."

룬이 소개한 사람들은 월야와 스엣이었다.

"연공과, 검술을 도와주실 분들입니다. 그리고 이 친구는 새롭게 기사단에 합류할 겁니다."

그 친구는 다름 아닌 폴이었다.

"흐흐. 기대하라고, 아주 제대로 가르쳐 줄 테니까."

월야가 사악하게 웃었다. 기사단은 월야를 처음 봤지만 왠지 모르게 간담이 서늘해졌다. 룬은 문득 과거 월야에게 맞으며 수련을 하던 때가 떠올라 저도 모르게 몸이 부르르 떨렸다.

"잘 부탁드려요."

괴팍한 노인네와 달리 상큼한 여인이 나타나자 기사단은 그야말로 축제 분위기였다. 하지만 그들은 알지 못했다. 그녀 역시 월야에게 수련을 받았고, 그에 있어서는 월야에 뒤지지 않는 다는 것을.

룬은 오랜만에 자신의 방에서 취침을 취했다.

똑똑.

"들어오세요."

르넨과 오르온이었다. 오르온의 손에는 간단한 다과가 들려있었다.

"부집사님께서 손수 다과상을 차려오시다니, 영광스럽게 그지없군요."

"장난하지 마세요."

룬이 기분 좋게 웃으며 다과상을 받았다.

"백작님께서 어르신이 꽤 마음에 드신 모양입니다. 누구와도 길게 이야기를 하지 않으시는 분인데 벌써 한 시간이 넘게 떠들고 계십니다."

"다행이군요."

"예. 무엇보다 백작님의 건강이 몰래보게 좋아졌다는 게 다행이지요."

"형님께서는 어떠십니까?"

"나 역시 잘 지내고 있다."

호랑이도 제 말하면 온다고 호드만이 들어오고 있었다. 빼빼 말랐던 호드만은 예전의 몸으로 되돌아가 푸근한 인상이 되었다.

"얘기는 대강 들었다. 앞으로 바빠질 것 같더구나."

"예."

"가문은 걱정하지 말거라. 아직 아버님도 정정하시고 나도 있으니."

"이 두 분의 유능함 역시 잘 알고 있죠."

"민망합니다."

그렇게 대답하면서도 르녠은 그동안 백작가에 있었던 일을 자랑스럽게 늘어놓았다. 광산이 활성화되어 막대한 자금을 확보했고, 새롭게 경비대와, 법관을 꾸렸다. 성벽을 증축해 화전민들이 살 터전을 마련해 주었다.

"하지만 긴장하는 게 좋을 거야. 방심하는 순간 내가 가문의 장이 될 수도 있으니까."

호드만의 농담에 룬이 기분 좋게 응대했다.

"형님은 충분히 그럴 자격이 있으십니다."

빈말이 아니었다. 현재 호드만의 상태라면 충분했다. 더욱이 서열로 봐도 호드만이 되는 게 맞았다. 하지만 호드만은 조심스레 고개를 저었다.

넷은 이런저런 이야기를 나누다가 각자의 거처로 돌아갔다.

르니에르왕궁은 제법 북적였다. 트린베니아로 갔던 원군이 돌아온 탓이었다. 역모의 여파는 달리 느껴지지 않았다. 그만큼 깔끔하게 정리된 것이다.

룬은 제일 먼저 이자벨리아를 보고 싶었으나 국왕과 데이미안이 가만히 놔두질 않았다.

데이미안은 제일 먼저 현재 상황에 대해 간략하게 설명을 해주었다.

제국과 잠정적으로 휴전은 맺는 건 당연한 절차였다. 문제는 제국군이 마음대로 드나들면서도 왕국에 위협이 되지 않을 안전장치가 필요했다. 하여 생각해낸 것이 황자를 볼모로 잡고 있는 것이었다.

보통 볼모는 소국이 강대국에게 잡히는 데 완전히 반대였다. 그만큼 특이하고 긴박한 상황이었다.

"물론 우리 쪽에서는 이자벨리아를 보내기로 했지만 말이야."

"공주님을요?"

"마음 같아서는 내가 가고 싶지만…."

데이미안은 침울하게 말끝을 흐렸다. 평소 그녀를 얼마나 아끼는지 아는 룬이었기에 더 이상 그에 대해서는 언급하지 않기로 했다.

바르타인공작 역시 볼모로 잡아두기로했다. 물론 공식적인 역할은 황자와 다른 것이지만.

"그래, 이렇게 무사히 돌아왔으니 우리가 지난 날 했던 약속을 지킬 때가 온 거 같군."

국왕이 말했다.

"아뢰옵기 황송하지만 그 약속은 지킬 수가 없을 것 같습니다."

"무어라!?"

국왕이 언성을 높였다.

"소인은 저만의 부대를 만들 겁니다. 누가 와도 감히 넘볼 수 없는 힘을 키울 겁니다. 하여 전하의 밑에 있을 수 없습니다."

"지금 내 앞에서 반역을 꾀하겠다는 말을 하는 것이냐?"

"그런 것이 아닙니다. 저는 흑풍대의 재림을 꿈꾸고 있습니다. 흑풍대는 누구의 밑에도 있을 수 없는 존재입니다."

"흑풍대의 재림?"

"그렇습니다."

"그게 가당키나 한 말이더냐?"

"물론입니다. 바르타인공작이 저를 원했던 이유가 바로 새로운 흑풍대를 만들기 위함이었습니다."

"흑풍대라… 만약 그들의 재림이 가능하다면 실로 엄청난 일이다. 하지만 나는 내가 통제할 수 없는 흑풍대라면 환영하고 싶지 않다."

소인처럼 보일지 모르지만 국왕의 입장에서는 당연한 반응이었다.

"그럼 이건 어떻습니까, 전쟁이 끝나면 공주님과 혼인을 하고 싶습니다."

단순히 전략적인 면을 생각해서 한 말이 아니었다. 볼 수 없으니 의외로 생각은 명확해졌다. 그녀를 원하고 있다는 것이다.

"이자벨리아와 말이냐?"

"예."

"그건 아니 된다."

"예?"

"우리 아이는 지금 열병을 앓고 있으니 당장 식을 거행해야한다."

룬은 벙찐 얼굴을 하다 이내 웃음을 터트렸다.

"눈먼 바보가 드디어 눈을 떴군."

데이미안이 조용히 거들었다.

"아무래도 예비신랑을 더 이상 잡아두는 건 예의가 아닌 것 같습니다, 전하."

데이미안이 장난스럽게 말했고 룬은 얼굴이 벌겋게 물들었다.

룬은 곧장 이자벨리아를 만나러 갔다.

"룬님."

룬을 보자 이자벨리아가 왈칵 눈물을 쏟아냈다.

"무사하셨군요."

"무사할거라 말하지 않았습니까."

룬은 가슴이 벅차올랐지만 들키지 않게 최대한 덤덤하게 행동했다.

"신디아님이야말로 무사하셔서 다행입니다."

"그때 수석마법사의 얼굴을 보셨어야 해요. 얼마나 가관이던지."

이자벨리아가 눈물을 흘리면서도 피식 웃었다.

"방금 국왕전하를 보고 오는 길이에요. 우린 이전에 한 가지 약속을 했었죠. 제가 무사히 돌아왔을 때 충실한 신하가 되겠다고 말이죠. 하지만 저는 그럴 수 없다고 했어요. 왜냐하면 저는 새로운 흑풍대를 재건할 것이고, 흑풍대는 누구의 밑에도 있을 수 없기 때문이죠."

"아버님께서 그 말을 윤허해 주셨단 말인가요?"

"예. 그리고 저는 말했어요. 전쟁이 끝나면 공주님과 결혼을 하고 싶다고요."

"예?"

이자벨리아가 화들짝 놀랐다.

"이 때 이런 말을 하면 다른 이유가 있는 것으로 보일 수도 있어 망설였어요. 하지만 다른 의도는 없어요. 신디아님과 함께 하고 싶은 마음. 그것이 제 진심이에요."

룬이 이자벨리아를 똑바로 바라보았다.

"저와 결혼해 주세요."

이자벨리아가 왈칵 눈물을 흘렸다.

"제 마음을 애타게 한 만큼 쉽게 허락해주지 않을 거예요. 한 번 느껴봐야한다고요."

이자벨리아는 미소 지었고, 룬의 얼굴에도 어느새 옅은 미소가 번졌다.

이자벨리아를 만나고 나오는 길에 룬은 에일리아와 마주쳤다. 아직 정리되지 않은 사이의 만남이라 어색함이 감돌았다. 이자벨리아에게 청혼을 하고 난 직후라 그 감정은 더 했다.

"머리를 자르셨군요."

에일리아의 아름다움이야 여전하지만 머리를 짧게 자른 탓에 중성적인 면이 부각되었다.

"예."

그녀와 이자벨리아는 비슷한 실력이지만 근소하게나마 항상 우위를 점하고 있었다. 그것을 지켜내기 위해 노력했고, 약간의 우월감도 가지고 있었다.

그런 생각을 하고 있던 그녀에게 이자벨리아의 신위는 충격 그 자체였다. 그 후 머리를 깎고 정식으로 리오도르의 제자가 되었다.

"룬님 때문은 아니니 신경 쓸 것 없어요. 저는 당분간 검술에만 매진할 거예요."

그 말을 끝으로 그녀는 룬을 지나쳤다. 룬은 자신이 아는 에일리아가 맞나 싶었다.

에일리아를 만난 다음에는 토레논의 집무실로 갔다. 토레논이 에일리아의 아버지라는 사실이 새삼스럽게 느껴졌다.

"오랜만이야."

토레논과 마지막으로 봤을 때 썩 좋게 헤어진 것이 아니었다. 그래서 어색할 줄 알았는 데 의외로 편안했다.

"얼마 전 첸젠과 수석마법사가 다녀갔지. 바르타인공작의 업무를 그들이 하는 모양이야."

"전후사정은 다 아시겠군요."

"그래."

토레논은 선반 위에있는 차를 꺼내 물에 타 룬에게 내밀었다. 룬이 손을 저었다. 토레논이 차를 마시며 자리에 앉았다.

"정말로 바르타인공작을 처리할 줄은 몰랐군. 죽이지 않은 건 아주 잘한 선택이야."

말을 마친 토레논의 얼굴이 어두워졌다.

"제국은 정말 어마어마한 곳이야. 첸젠이라는 자를 본 순간, 내가 우물 안 개구리였다는 것을 깨달았지. 트린베니아의 고수들 역시 만만치 않았어. 더 놀라운 건 그럼에도 남대륙을 상대할 수 없다는 말 했다는 거지."

토레논은 다시 차를 한 잔 마셨다.

"남대륙을 막을 열쇠가 너에게 있다는 말을 하더군. 일선에 나서 움질이길 싫어하는 걸 알지만, 이 나라의 공작으로써나, 친구로써나 도움을 주었으면 하는 마음이야. 소중한 사람과 행복하게 사는 것도 좋지만, 그러기 위해서는 최소한의 터전은 보장되어야 하니까."

"솔직히 잘 모르겠습니다. 하지만 아무리 생각해도 나설 수밖에 없을 거 같아요. 대륙이 쑥대밭이 되면 소중한 사람과 행복하게 산다는 것 자체가 불가능해 질 테니까요. 흑풍대를 재건할 거예요. 그래서 남대륙을 막아낼 겁니다. 그 후에는 어떻게 될지는 모르겠지만 일단 그것만 생각하기로 했어요."

토레논이 미소지었다.

"흑풍대라… 친구와 같던 자네가 갑자기 거대한 산처럼 느껴지는 군."

"그러니 더 크기 전에 지금부터라도 잘 보여 놓으셔야 할 겁니다."

토레논이 호탕하게 웃었다.

"도움이 필요하면 말하게. 이 나라의 공작으로써, 친구로써, 도울 수 있는 일이라면 물신양면으로 돕겠네."

"우선 엘프가 살 수 있는 터전을 마련해주세요."

"엘프?"

"예. 엘프는 정령을 잘 다루기 때문에 좋은 옵션이 될 거예요. 무엇보다 드워프에 대해 인간보다 많이 알고 있으니 도움이 될 거예요."

"그것은 나도 알고 있다만 엘프들을 알고 있었나?"

"예."

"허. 정말이지 내가 알 던 그 떠돌이 마법사가 아닌 거 같군. 하이든산맥이라면 엘프들이 살기 좋을 거야. 몬스터도 없고 비옥한 곳이니까."

"고마워요."

"이제는 나보다 더 바빠질 몸 같은데, 내가 너무 시간을 오래 잡아 둔 건 아닌지 모르겠군."

"그럴 리가요."

"사실은 내가 가볼 때가 있어."

룬은 웃으며 자리에서 일어났다.

토레논을 만난뒤 곧바로 네이처를 만나러 갔다.

"그러니까 정령왕과의 맹약이 깨져 결계를 지켜줄 수 없다는 말이군."

"예."

"하지만 다른 터전을 마련해 준다면 걱정 없지. 결계가 필요한 것도 다 인간들을 피하기 위함이었으니까. 왕국 전역에 퍼져있는 엘프들에게는 내가 잘 말을 해놓겠네."

"꼭 도와주세요. 드워프의 기술을 따라잡으려면 엘프의 힘이 꼭 필요해요."

"대륙전체가 침공을 당하게 생겼으니 응당 인간들만의 문제는 아니지. 게다가 드워프라면 다들 이를 갈고 있을 거야. 도움이 될 걸세."

"감사합니다."

❖

시간은 빠르게 지나갔다. 흑풍대의 재림이라는 원대한 꿈은 제법 구색을 갖춰갔다. 월야와 스엣을 중심으로 토르 기사단에게 본격적으로 연공과 검술을 가르쳤다. 이제는 전원 마나유저의 반열에 올라섰다.

레이센드를 비롯해 몇 명은 마스터에 오르기도 했다. 폴리에오르는 나이 때문인지 시간이 갈수록 성장이 더뎠다. 하지만 가장 믿을 만한 사람이기에 여전히 단장을 맡고 있었다.

리벤지기사단은 꾸준하게 기초훈련을 한 덕에 연공을 시작할 수 있었고, 대부분 마나유저에 다다랐다.

약속대로 황자는 왕국으로 왔고, 이자벨리아는 제국으로 건너갔다. 제국으로 가기 전 이자벨리아는 의외로 담담했다. 오히려 에일리아가 울며불며 난리를 쳤다. 가까스로 눈물을 삼키는 데이미안의 얼굴은 그야말로 가관이었다.

하이든산맥에는 엘프들이 터전을 잡아 왕국과 지속적으로 왕래를 하며 드워프들의 기술에 대해 토의를 했다. 제국과 트린베니아 각국에 텔레포트게이트를 설치하여 지속적으로 교역을 해나갔다.

룬은 남쪽 가장 끝부분, 해안가 위에서 바다를 내려다보고 있었다.

"그들이 오는군요."

룬의 시야로 수백 대의 함선이 다가오고 있었다. 남대륙 사람들이 땅을 밟기 전 수상전을 벌이는 것이 어떠냐는 말이 오갔다.

하지만 드워프의 기술은 타의추종을 불허했다. '그들과 수상전을 벌이는 것은 고깃배로 전함과 싸우는 것과 같습니다.'라는 네이처의 말에 따라 인근에 부대를 배치하는 것으로 대신했다.

"떨리느냐?"

월야가 물었다.

"전혀요."

함선은 어느새 육안으로 확인이 될 만큼 가까워졌다. 마침내 남대륙과의 결전이 시작되려 하고 있었다. 그 끝에 무엇이 있을지는 알 수 없었다. 승리할지, 패배할지, 승리한다면 무엇을 얻을지.

룬은 깊게 생각하지 않기로 했다. 월야, 스엣, 베르난도 가문, 친구들, 그리고 이자벨리아. 그들과 함께 한다는 것으로 충분했다.

〈룬 완결〉